泉水入海

周国春　著

成都时代出版社
CHENGDU TIMES PRESS

图书在版编目（CIP）数据

泉水入海 / 周国春著 . -- 成都：成都时代出版社，
2025.2. -- ISBN 978-7-5464-3635-7

Ⅰ . I247.5

中国国家版本馆 CIP 数据核字第 2025SU3902 号

泉水入海
QUANSHUI RU HAI

周国春 ／著

出 品 人	钟　江
责任编辑	蒲　迪
责任校对	李卫平
责任印制	江　黎　曾译乐
书籍设计	成都惟文文化传播有限公司

出版发行	成都时代出版社
电　　话	（028）86742352（编辑部）
	（028）86763285（图书发行）
印　　刷	三河市华东印刷有限公司
规　　格	170mm×240mm
印　　张	12.5
字　　数	100 千
版　　次	2025 年 2 月第 1 版
印　　次	2025 年 2 月第 1 次印刷
书　　号	ISBN 978-7-5464-3635-7
定　　价	88.00 元

目 录
CONTENTS

001   题记

002   第一章　呱呱坠地

025   第二章　青梅竹马

041   第三章　抗日救国

059   第四章　奔赴延安

079   第五章　解放妇女

095   第六章　团聚湖南

107   第七章　瓢泼大雨

124   第八章　回归延安

目 录
CONTENTS

137　　　第九章　忌日成婚

154　　　第十章　告慰江毅

170　　　第十一章　欢聚西安

180　　　第十二章　喜迁北京

186　　　第十三章　心心相印

190　　　第十四章　岁月安好

题记

瓦窑堡历史悠久，是陕北革命根据地的中心，1935年12月在这里召开的瓦窑堡会议确定了建立抗日民族统一战线的政策，意义深远。

她从瓦窑堡走出，经过延安的宝塔山，转战祖国大江南北，终于迎来五星红旗徐徐升起。她被迫与青梅竹马的恋人师文才分手，饮恨告别被日伪军残忍杀害的丈夫江毅，与第二任丈夫姜力携手前进，踊跃投身建设社会主义新中国行列，舍命拼搏，终于梦想成真。

她不问家事，不在乎金钱，最喜爱的就是一大碗泛着点点油花和菜叶的清汤面，这也是她家几辈人最喜爱的。

她说："如果能重新活一回，我还是这样的活法。"

第一章 呱呱坠地

1

1915年8月15日，当一轮圆圆的月儿挂在夜空的时候，陕西省安定县（今子长县）城区瓦窑堡上一户殷实人家的石窑洞里，传出了婴儿的啼哭声。

此时，那位规规矩矩伫立在窑洞门口已经几个小时的男子，惊喜地陶醉在那哭声中，眯起眼睛，难掩内心的喜悦。

"生了、生了，是个女娃！"接生的李兰花抱着刚出生的婴儿，从石窑洞里走出来。

她也住在瓦窑堡街上。今年的2月2日，她刚生下了女儿。

彼时，兰花的丈夫刘殿堂抚摸着婴儿轻声说："我喜欢女娃娃。兰花啊，咱妈叫梨花，我喜欢；你叫兰花，我也喜欢；我还喜欢桃花。现在，梨花开、兰花开，你生下的这女娃娃，咱们就喊她桃花好吗？"

"桃花，好呀！我也喜欢桃花！"

"桃花，好名字。我们三朵花围着你开，你美得很啊！"妈妈梨花喜得合不拢嘴，妻子兰花枕着他的臂膀弯也笑开了花。

桃花未满月，刘殿堂就出门挣钱了，结果在山里被土匪打死了。和他一起跑马帮的人，把他的尸体和遗物运回了家。

李兰花扑到刘殿堂的尸体上哭得晕了过去。

随后，李兰花和婆婆从刘琼、师美兰队伍里得到消息，刘殿堂给他们送去一批枪械后，被事先埋伏的土匪射杀了。

婆婆搂着从眩晕中逐渐清醒过来的媳妇，没有痛不欲生，而是鼓励她："人生就是搏击，妈相信你会坚强地向前迈步，你有嗷嗷待哺的桃花，新的生命在召唤你振作！"

李兰花扑进婆婆的怀抱中放声痛哭。

婆媳俩查看刘殿堂的遗物，在他的笔记本里有他与一位乡村郎中的对话记录，还有一本他为妻子购买的关于西医内科学的书。

师福贵、梁春花、李汉明和丁香香立即去刘殿堂家里吊丧，并且告诉李兰花："只要有我们两家人的一口饭吃，也就有你们婆媳幼女的一口汤喝。"

他们一起跪倒在白梨花老人的膝下，老人颤颤巍巍地扶起了他们。

李兰花感激涕零，她出了月子，由婆婆照顾女儿刘桃花，自己则披星戴月，在瓦窑堡继续做她的接生婆。

李兰花个子不高，身材矮胖，自来卷的头发乌黑油亮，圆圆的脸盘，皮肤白里透红，大眼睛、高鼻梁、厚嘴唇。

李汉明端详着兰花姐抱着的小人儿，不禁嘴唇撅着，腮帮子鼓起，眼睛瞪得滚圆，惊诧不已地倒吸了一口凉气，大声喊叫起来："兰花姐，这女娃怎么这么小啊，脑袋还没有我的巴掌大，身体还没有一个小猪崽长，眼睛闭得死死的。"

"眼睛闭得紧紧的，什么死死的，不会说个吉利话！谁家才出生的娃娃就是白白胖胖的？我给师福贵婆姨梁春花接生的儿子师文才，4月12日出生的，上个月过的一百天，那娃娃生下来看着比桃花还瘦小，过百天时，就白白胖胖了，你和丁香香不是也去喝喜酒了？不记得了？"李兰花语速很快，一口气说完一串话。

"记得，记得，我家丁香香还对梁春花说：'我如果生下男娃，给师文才做弟弟，起名李文艺；如果生下女娃，起名李腊梅，给师文才做妻子。梁春花听罢，说：'太好了！我最喜欢蜡梅花，你把我的心思揣摩透了，哈哈哈，我的好妹子！'"

"人家姐妹的谈话，你倒记得住！对了，刚刚生下的娃娃，你是头一次见？"

话一出口，她赶紧摇头，李汉明又不是接生婆，这娃娃是丁香香的头胎，刚落地的娃，他也只能是第一次见。

"是啊、是啊！头一次！"李汉明憨憨地大着嗓门回答道。

陕北人有着自己的规矩，是没有人敢冒犯的。谁家婆姨生下娃，除了自己的男人，是绝对不会让其他男人看的，哪怕是自己的父亲、公公、双方家里的兄弟等，他们不能跨进月子婆住的窑洞半步。生了娃娃的婆姨，要把娃和自己一起掖好藏好，关起自家的窑门，过了满月，才会打开窑门，送红鸡蛋给众乡邻；

过百天了，就会风风光光宴请亲朋好友吃八碗席，给大家伙儿看看他们的娃娃。

李汉明伸出臂膀，想去抱他的小女儿。

李兰花腰一扭，屁股一撅，对他说："你看看就行了。"

"为什么？难道我不能抱一抱、亲一亲她吗？"

"这娃娃刚出生，身子小小的，软哒哒的，骨头柔软，经不住你们男人家那硬格愣愣的骨头去碰、去捏，只能让女人家悠着劲儿抱才行。"

"那我……"

"你只能等到娃娃满月以后，你才可以抱一抱，还要轻轻揽进怀里。"

话音刚落，抱着娃娃的人已经进了窑洞，关上了窑门。

"女娃好啊！我和香香都喜欢女娃！"他冲着关上的窑门喊着。

2

李汉明的婆姨美丽动人，她生下的女娃，会像她一样美。

他这么想着，内心干劲儿十足，居然立在窑洞门口，拍着自己的胸膛，自言自语道："虽然是父母指腹为婚，但能把一位美若天仙的女孩许配给我，我太知足了！感谢上苍对我的眷恋和关照，我一要把生意做好；二要对丁香香忠贞不贰。"

陕北人说："米脂的婆姨，绥德的汉，清涧的石板，瓦窑堡的碳。"

一方水土养一方人。

李汉明就是绥德的汉，丁香香乃米脂婆姨。李汉明的父亲李天成、母亲林玲，丁香香的父亲丁达、母亲刘元宝，四人关系甚好。他们两家是世交，祖辈一起做官，到他们这一辈人，一起做生意，后来又一起到陕北的瓦窑堡，一边做生意，一边从事推翻清政府的革命工作。

辛亥革命之后，李天成和妻子林玲、丁达和妻子刘元宝、师永志和妻子杨莹莹、刘桐和妻子白梨花，带着他们各自的儿女，在瓦窑堡的商业一条街上，给男子们剪辫子。当时，瓦窑堡的有识之士都纷纷剪下了自己的辫子，满地的辫子伴随着瓦窑堡商业一条街上人们的欢呼雀跃声落下，他们狠劲儿地跺着脚，踩着满街的辫子，欢呼解放。

李汉明和丁香香双方父母不堪军阀混战，和他们的挚友们又逐渐走上了一条"打倒军阀"的全新革命道路。同时，两家父亲齐心协力，把生意越做越好，钱越赚越多，把赚到的钱，都投入他们倾心的革命事业之中。

现在，李汉明和师福贵子承父业，仍然做着生意，他们同样需要赚大钱：第一，他们从事的革命事业需要资金；第二，他们需要养家糊口。

李汉明是个帅气十足的后生，身材魁梧，一米八的个头，走起路来挺胸迈步，国字脸，浓眉大眼，高鼻梁，满头乌发。

丁香香，犹如陕北民歌所唱，"陕北的山来榆林的水，米脂的婆姨实在是美""毛格闪闪的眼睛，粉格丹丹的脸，米脂婆姨赛天仙"。她细皮嫩肉，皮肤粉白粉白的，瓜子脸，柳叶眉，大眼睛，高鼻梁，樱桃小嘴，笑起来脸上还有一对甜甜的酒窝。

3

人们都说，延安时期，米脂是陕北文化教育发达的地方，那里的姑娘不仅漂亮贤惠，而且还有文化，能识文断字。

清涧自古以石板闻名于世。清涧山梁起伏，河谷幽深，沿着黄河、无定河、清涧河流域，由裸露的岩石覆盖，面积大约有 58 平方千米，平均厚度 10 米，储量是 5.8 亿立方米，石材资源非常丰富。清涧的石板形成于中生代水岩，漫长的地质构造中，经凹陷和抬升多次交替，一层层叠在一起，像一页一页的书，表面十分平整，色泽青蓝，厚薄均匀，结构细腻，受到世人的青睐和瞩目。

在清涧，街面可以用石板铺就；住家的院子里，用石板铺地；院子里的窑洞，用石板砌窑面；窑洞里的炕沿，是青石板砌的；窑洞里的炕桌以及立在脚底的桌子表面，是青石板做的；窑洞里的柜子以及灶台表面，也都是青石板做的；窑洞里存放粮食的柜子，也是用青石板做成的，青石板还可以做石凳、石磨、石碾子，并且可以在青石板上雕刻动植物、人物，做成精致美丽的石版画。

清涧同时也是富有革命色彩的老区：1927 年爆发的清涧起义，打响了西北革命第一枪；1936 年，红军由此强渡黄河，拉开了全民抗战的序幕。民主革命时期，不足八万人的清涧，就有两万人投身革命。

瓦窑堡的煤炭储量丰富，煤质非常好，依靠这一优势，瓦窑堡后来成为陕甘宁边区的革命中心。

如今，师福贵和李汉明这代人的生意依然做得不赖。他们冬天把瓦窑堡的煤炭运到清涧，卖出去后，再把清涧上好的石板拉回瓦窑堡，不愁没有人买，他们拉煤炭的大马车启程之前，清涧的石板就被瓦窑堡的客户订购得差不多了。除此之外，他们还做粮食、布匹等生意。

陕北黄土地里的庄稼，不以小麦和水稻为主，以杂米、杂面、杂豆为主：杂米主要指小米、糜子（黄米）、软糜子（软黄米）、玉米、高粱（即稻黍）等。杂米可以煮粥，可以蒸饭，可以捞饭；软黄米可以用来做酒酿，可以制酒，可以磨成面，用来蒸年糕，炸年糕，还可以炸成油馍馍。

杂面主要指黑麦面（小麦的一种）、荞面、豌豆面、绿豆面、黑豆面。典型的上好杂面是豌豆面、黑小麦面的混合体，再掺入沙蒿等添加剂后，用擀面杖把擀大的面皮折叠起几层来擀制成薄如纸的杂面条，长长的、韧韧的、透明的杂面条，乃陕北的特产，非常好吃。杂面还可以做成"抿夹"，用一种专门的"抿夹床"，架在锅上，水开后，将杂面团压成寸把长的小圆条，煮熟后成为"抿夹"，再加上羊肉汤就成了一种可口的面食。

陕北的豆类可以做成多种美食：以绿豆粉浆为汤，加入大米、黄米、豆腐丁、牛肉丁（也可以是羊肉丁，或者猪肉丁，或者鸡肉丁），称为粉浆饭；将黑豆捣扁，与大米、小米、黄米以及软黄米和各种豆类一起煮成粥，称钱钱饭；还可以用扁豆做凉粉或油粉，用小豆、豇豆等制作豆泥包子、烙烧饼等。

玉米可以分为普通的土玉米和黏玉米，那玉米仁可以用一根树根在灶洞里引上火，火苗苗是蓝色的慢火，从前晌可以熬至后晌，直到星星爬满坡，熬好的玉米粥美味至极；还可以把玉米用碾子碾一碾，碾罢了，做成玉米钱钱饭，也非常美味。

所以，师福贵和李汉明共同做的粮食生意，品种多而精细。他们常常翻山越岭，在农村以及小集市上走街串巷，去采购、销售，最重要的是播种革命火种。

李汉明和师福贵同年同月生，同属虎，师福贵是1891年的腊八出生的，李汉明是腊月23日出生的，他们两家人又住在绥德同一条街上，院门紧邻，李汉明和大他15天的师福贵哥哥从小就在一起玩耍。

他们长成了 15 岁的小后生时，李天成和丁达首先把家搬到了瓦窑堡，共同买下了一个院子，里面有六孔石窑洞，两家人住在一个院子里。

半年以后，师永志家也紧随其后把李天成和丁达院子隔壁的一座大院子买了下来，里面同样有六孔石窑洞，因为师永志家祖上是做钱庄生意的，最不缺的就是钞票。这样，李天成、丁达和师永志三家都在瓦窑堡的商业一条街上买了房子。

师永志和杨莹莹两夫妻带着三个娃娃一起搬到了瓦窑堡的商业一条街上，李汉明和师福贵两个半大小伙子久别重逢，欢喜地紧紧抱在一起。

4

师家在不到一个月的时间，增添了两口人，一个是比师福贵整整大一岁的表姐李兰花，她是 1890 年腊八出生的，另一个是和他同一天，晚两个时辰出生的梁春花。奇就奇在这三个娃娃的生日都是阴历的腊八。

在瓦窑堡，等着这三个娃娃的，除了李汉明，还有一个比李汉明小两岁多的女孩丁香香，她是丁达的女儿，1894 年大年初一出生。如今，五个娃娃在一起玩，一起读私塾，一起写毛笔字，玩得不亦乐乎。

李兰花和梁春花，一夜之间在绥德变成了孤儿，之后又成为师家人，内有凄惨之故事：梁春花的父亲梁有存和母亲杜秋华与师福贵的父母是世交，在师福贵家迁往瓦窑堡的前一个月的一天夜里，他们家遭强盗劫掠，梁有存和杜秋华以及李兰花的父母都死于强盗的砍刀之下，梁春花和李兰花躲过了一劫，却成了孤儿。

事发三天前的一个白天，梁有存一家三口人带着李兰花一起到师福贵家里做客。

梁春花和师福贵从小常常在一起玩耍，随着两人一天天长大，他们的关系越发亲密。虽然他们两家住得并不近，但是梁春花的父母隔三岔五会赶着家里的马车，走上两个时辰，带梁春花到师福贵家去玩。师福贵懂得哄着梁春花，有好吃的、好玩的先给梁春花。一晃，15 个年头过去了，两个娃娃都健康成长，知书达礼。这一天，师福贵大姨妈家 16 岁的小女儿李兰花也来到了小舅舅家里。他们两家人一起吃罢了午饭，又吃了晚饭，三个娃娃这一天在一起看书、写毛笔字、画画。四个即将分别的大人聊得时间太长了，杨莹便安排三个娃娃辈先睡下了。

"那我们就回家了，因为明天头晌你大姐和姐夫要到我们家里来，我们有一批土枪械正在交易，此事非同小可，对付周围的几窝强盗，人家有枪械，我们也不能徒手被人家打劫。出这个头风险很大，但是，我们被逼无奈了。我们几个主事的人在一起商量三两天，已经约好了。明天前半晌，你大姐和姐夫先到我们家来，你小姐姐和姐夫还有其他几个人随后也会到我们家来，我们需要好好合计，大钱我们和你大姐两家先出。所以，我们今天赶黑一定得回家。这两个娃娃放在你这里，我们也踏实些。"梁有存对师永志说道。

杨莹莹马上回话："你们放心去办事，让这两个娃娃就在我家住上几天，你们忙活完了再来接她们，顾不上了我们就把娃娃分别送回你们家，我们搬到瓦窑堡还有些日子呢。"

杜秋华说："那我们回家了，两个娃娃在你们家，我一百个放心。"

谁也没有想到，这竟然成为他们两对夫妻的诀别之语。

事发之后，梁春花的舅舅、舅妈和大爷、大妈一

泉水入海

起来到师永志家里接梁春花，但是这娃娃紧紧抱着杨莹莹不松手。

后来师永志说："你们都回家吧，我们留下梁春花当亲闺女待。"

梁春花的亲属们应允了，他们要给师家抚养费，可师永志分文不取。

杨莹莹说："钱我们不要了，你们好好照顾春花就行。"

梁春花的舅舅、舅妈和大爷、大妈一步三回头，依依不舍地走了。他们以及众乡邻、师永志、杨莹莹等都清楚，梁春花的父母和师永志的大姐、大姐夫是为了众乡邻免遭土匪抢劫，准备出资起事，才被土匪砍杀的。

李兰花没有了父母，哭得像个泪人，师永志的三个妹妹和妹夫们一起来看李兰花，提出接走这娃娃。但师永志夫妻毫不犹豫地告诉家里的亲戚们，李兰花就是他们家的人了，要带她一起去瓦窑堡生活。

最后，李兰花的小姨父刘琼临走时给哥哥留下了话："梁春花的父母以及他们大姐和姐夫未完成的事业，我们绝对不会撒手不管。"

李兰花的小姨师美兰对哥哥坚定地点点头。

师永贵说："我和你们嫂子商量过了，手里的钱全部留给你们。"

杨莹莹拿出家里所有的积蓄，这是他们早几天就准备好了的，递给了刘琼和师美兰。

"哥哥、嫂嫂，你们保重吧！"师永志的三个妹妹和妹夫异口同声说道。

就这样，当哥哥的和妹妹、妹夫挥手告别了。

于是，师永志和杨莹莹带着三个十五六岁的娃娃一起搬到了瓦窑堡。

他们三家人安顿下来，刘桐也心急火燎，要到瓦窑堡来与他们一起做事，共同反对军阀混战。于是，在瓦窑堡站稳了脚跟的三家人，又为刘桐在附近找了一个小一点儿的院子，院子里也有三孔石窑洞，刘桐和白梨花都说，三孔石窑洞可以住下，离得近一些好互相照应。

又过了半年，刘桐和妻子白梨花带着儿子刘殿堂离开了绥德，也来到瓦窑堡的商业一条街上住了下来。

师永志当时还笑话他们家姗姗来迟，白梨花却开心地喊叫着："我们来得正是时候，不迟啊！"

因为，刘桐的妻子白梨花终于见到了日思夜想的杨莹莹、林玲、刘元宝，她们四个像亲姐妹一样，终于在瓦窑堡团聚了。

接着，绥德传来了好消息，李兰花的小姨父刘琼和小姨师美兰建起了队伍，她的二姨和三姨两家人做好一切后勤保障，几个村的村民有了土枪，和山里的土匪正面交手，并且旗开得胜。

李兰花和表弟师福贵都激动万分，师永志和杨莹莹更是感到兴奋。

八个老朋友们在瓦窑堡聚餐庆祝。

在接下来的日子，从事革命工作的几家人，为他们的后代举办了婚礼。

1912 年的元旦，刘殿堂在父母亲的操办下，从师家迎娶了李兰花；同年十月，金秋送爽，师福贵和梁春花拜堂成亲。

上一辈厚重的革命友情，再加上兄弟之情、姊妹之情，成就了下一辈的美好姻缘。

5

1913 年 3 月 15 日，桃花含苞欲放时，李汉明和丁香香两家人共同拥有的大院子里，张灯结彩，双方的父母亲为两人举办了隆重的婚礼。

老一辈的陕北风俗，迎亲嫁娶都是很讲究的，而且一定要请阴阳先生看生辰八字，比如什么"鸡三月，猪九月，兔子怕的四五月""蛇蟠兔，猴赶猪，两头黑年不迎亲"等，虽然，这只是人们根据生肖属相推算，臆想出来一种约束自己行为的模式，并没有科学依据。李汉明和丁香香的父母亲都崇尚新学，他们不信阴阳鬼神。

4月已是春天，万物齐生长，也是俊男靓女结婚的好时机。唢呐吹奏声中，新郎迎娶新娘，八碗大席丰盛美满，好不热闹。

当李汉明迎娶新娘进洞房时，掀开新娘红红的盖头，浑身都在颤抖，激动地还以为自己正在做梦。

他搂着新娘问道："丁香香，你嫁给我高兴吗？"

"你又不是不知道，我巴望不得做你的新娘！"

李汉明和丁香香两家祖上为官相识，当年，他们一个在绥德县城，一个在米脂县城，分别请了私塾先生，读儒家的四书五经；他们都是文人，丁香香对琴棋书画也略知一二，在他们家乡远近闻名；李汉明练过书法，邻里的红白喜事，春节时的对联，请他书写的人很多；丁香香的国画也十分受人喜爱，剪纸更是堪称一绝。后来，李兰花、梁春花和刘殿堂也来到了瓦窑堡，五个娃娃辈，一起继续他们的学业。

在李汉明和丁香香的记忆中，美好多多。

此时李兰花抱着李汉明那刚出生的女娃娃走进窑洞，已经过了一个小时了，正在窑门里踱着步子，忽然，她记起了什么，猜想那傻呵呵的李汉明此时应该还在窑洞门口呆呆站立。于是，快言快语对窑门外的人说道："我知道，你家里有三个哥哥，两个哥哥生有 6 个男娃，没有女娃。你婆姨害喜了，你想生个女娃。你和丁香香是父母指腹为婚，可惜，你们双方二老先后都过世了，遗憾啊！她父母没有兄弟姐妹，她也没有兄弟姐妹。你父母有兄弟姐妹，但是他们都在绥德，瓦窑堡这里只有你一个人，和丁香香一样。丁香香说了，她喜欢女娃，只求你年年生意上没有亏空，不欠人家的钱，守着女娃，一样幸福。"

门外的男人鼓足了劲儿大声喊道："是的，兰花姐姐，你说得没错！"

此话说罢，他依然站在窑洞门外，只是不再说什么了。

6

瓦窑堡的故事，加上他和丁香香双方父母亲的故事，还有他们的故事，在他的脑海里回荡着，时而掀起小小的白色浪花；时而汹涌澎湃，咆哮奔腾。

瓦窑堡在元代初年就形成了，南北长而东西窄，横卧龙虎山东端，东面南河环澜，岸接平川；西靠龙虎山、七楞山（中原山），重峦叠嶂；北濒秀延河，悬崖峭壁，四周群山环绕，南河、秀延河交汇而形成滩涂。人们沿河砌堤，逐渐形成了城郭。明、清时期，原来的旧城堡，经多次整修，至清雍正年间，已成为陕北一带重要的物资集散地，商贾云集，贸易发达。清代同治年间，回族义军入境与驻防在瓦窑堡的清军相抗衡，烽烟不断。同治七年（1868 年），义军攻占瓦窑堡，此时的瓦窑堡断壁残垣、满目疮痍，几乎变成了废墟。

在历史传说中，与这座城堡兴衰相关的事件的主角，即后人常常称道的"龙大人"龙锡庆，字仁亥，湖南人，时任延安府绥德知府（一说知县）。同治八年（1869 年），回族义军首领马华隆降而复叛，再次举兵东下，入侵陕北。《陕西通志》载："陕西北山，异常疾苦，自金积堡回逆窜扰以来，延、榆、富各州县处处告警，几至不可收拾。龙锡庆率清军于绥德、清涧、安定、怀远各地，迎剿截击，屡有战功。"同治十年（1871年）4月，龙锡庆率各军驻扎在瓦窑堡等处，奉旨安民。由于战乱，安定县已是鸡犬不留。全县第一次赈灾时，仅仅召集来40人。为此，他先后6次迁民，发放赈粮，鼓励垦殖，并按照新垦地发给籽种和农具。

同时，为了便于驻防，保境安民，龙锡庆率军民在城堡的东南侧修筑新城（即龙公城），其北邻秀延河到南河相交处折而向南留一水门，供汲水者出入，上建财神庙、戏台；溯南河而上留一城门，称为东门；再上至长禾峁折西而行，中留一门（民国初改称中山门）；接旧城堡筑南城门，并写有"龙公城"门楣；沿旧堡西墙建西门，门额镌刻"望瑶堡"三字。中山门以北直去，为一条石板铺就的街道，两侧设有店铺商号。经过这位"龙大人"和军民的共同努力，遭劫的古城堡不但规模扩大，增强了防守能力，而且恢复了城堡昔日的安宁，民众得以休养生息。

这位"龙大人"不仅注重军务，而且还十分重视教育。他在龙虎山修建了正谊书院，并耗费巨资，在杨家园则和张家沟两处购买几百垧川地，作为"学田"。清末至民国初，安定县不少知名人士，均出自该书院。安定文化教育事业的发展与这位"龙大人"息息相关。因此，把他推为安定近代教育的奠基者，当之无愧。

经过数载的苦心经营，安定县百废待兴，一派新气象。龙锡庆离任之日，瓦窑堡民众站满了街道两旁，夹道欢送。民众为了纪念他，把他曾住过的巷改成"龙公巷"，在正谊书院修建"龙公祠"，勒石永志（后因战乱毁弃）。

龙公祠和湖南籍官员龙锡庆，备受瓦窑堡的长辈以及他们的子孙后代推崇。

李汉明、丁香香、师福贵、梁春花、刘殿堂和李兰花在瓦窑堡浓厚的文化氛围中一天天长大。李汉明的父亲和师福贵的父亲一起把生意越做越大，越做越好，在瓦窑堡商业一条街上，建起了做买卖的店铺，建起了石窑洞，砌了院墙，两家人住在一个大院子里，李家生下儿子，丁家生下女儿。两个娃娃长大成人，喜结良缘，皆大欢喜。

刘殿堂和他的朋友继续跑马帮。他们从陕西的瓦窑堡出发，途经陕、甘、宁、青、新、蒙，游走广袤大地。

7

然而，天有不测风云，人有旦夕祸福。

先是1913年的初春，他们的刘桐大爷因为哮喘病辞世，白梨花痛不欲生。

接着，冬天刚刚开始，师福贵的父亲师永志，大口大口吐血，瓦窑堡最好的郎中看过说他像是胸口里长了东西，因当时没有能够开刀的西医，师永志也走了。

他走后，杨莹莹悲痛欲绝，隆冬时节，她躺在梁春花的臂膀弯里闭上了双眼。

1914年，当桃花盛开的时候，李汉明的父亲因腹部疾病，死在家里。

当小山上的苹果熟透时，丁香香的母亲做了羊肉扁食（陕北人把饺子称作扁食，而对于李汉明、师福贵、丁香香和梁春花这样的一些识文断字之人，随老人则称扁食，他们年轻人在一起则称为饺子。），请李汉明的妈妈以及女儿、女婿过来吃。饺子煮好了，又剥了几头大蒜，放在蒜臼里捣一捣。她走出窑门，去灶房把大蒜捣好了，端上碗里捣碎的大蒜，一只脚已经迈进了窑门，突然趴倒在地，在座吃饺子的几个人七手八脚抱起她放到炕上时，她已经不再喘气了。对门中医说，她是心脏有了毛病，从面色上可以一目了然。

那年冬天瓦窑堡下第一场大雪的时候，李汉明的妈妈一大早就揉着肚子疼得满炕滚。

对门一位郎中过来看罢，一个劲儿摇头说："病人盲肠出了问题，我不会开刀，治不了她。"李汉明的妈妈也去世了。

由此，李兰花下狠心要学医。

于是，她的婆婆白梨花，帮助她从接生婆干起来。

青梅竹马

第二章

1

医学是白梨花钟情的事业。但是，她生活在穷乡僻壤，在这里，一个女人想从医，简直是难于上青天。

两次鸦片战争的失败，使洋务派的李鸿章看到了西方科学技术的先进，又因为他的妻子患病，由一个传教士用西药治愈，所以他不但倡导西医，而且于光绪十九年（1893 年）在天津创办了北洋医学堂，也称天津医学堂。这是中国第一所官办的西医学院，服务于北洋水师。西医在洋务派军队里的优势日益凸显。但是，在"中学为体，西学为用"的洋务派思想影响下，李鸿章只是希望能够借助西医来弥补中医的不足。

白梨花是个知识女性，虽然读了些书，崇尚西医，但是立足脚下，她的理想在她所处的环境中无疑是难以实现的。后来因病痛而离去的老人、亲朋，刺激了她儿媳妇李兰花的神经，李兰花想做医生，为众人治病。

　　于是，她对李兰花说："我年轻时就幻想着能做个女医生给众人治病，但是这么多年过去了，我的梦，依然是梦。今天，你和我当年做的是一样的梦。"

　　"妈妈，当女医生，在咱们家乡，难道无路可走吗？"

　　"有路可走！"

　　"怎么走呢？"

　　"你想想，在咱们这里，接生的事情，男人是否能做？"

　　"接生男人是做不得的，只有我们女人能做。"

　　"你应该知道，接生，西医叫……"

　　"产科医生，或者助产士，在农村就是接生婆。"

　　"所以，我给你出个好主意，你拜老接生婆为师，从学习一些土法接生的妙招开始，读一些中医的医书，同时也读一些西医的医书，这样你既可以当接生婆，同时也可以学习一些给人治病开方子的本事。"

"我明白了。我就从接生婆干起，一边干，一边再学习一些医学知识，中、西医都学一些。这样既当接生婆，又可医治民间的一些小病。"

"是的，你想做个女医生，不就有路可走了吗？"

"对啊！"

"我年轻时积攒的那些医书全部给你。那本我爷爷留下的，邓玉函翻译的解剖学著作《人身图说》也归你，去妈妈那个木箱子里翻去。"

"妈妈，那本书我看了好多遍，那二十一幅配有文字说明的人体解剖图，太让人稀罕了！"

"路就在你的脚下，妈妈带你走好这条路！"

于是，白梨花带着李兰花在瓦窑堡拜了一位老接生婆为师，跟着她学习接生。李兰花学习能力很强，很快就可以在老师的指导下，独立上手接生了。

刘殿堂在世时，也非常支持李兰花。他和朋友们跑马帮赚钱，游走四方，见到好医书会买给他的婆姨，见到农村里经验丰富的厉害郎中，就多次登门拜访请教，久而久之，他对医学也略知一二了。

于是，李兰花在瓦窑堡商业一条街上，成了一个知名的接生婆，人们一些简单的病痛，她也能药到病除。

梁春花和丁香香先后生娃娃，都是找李兰花接生的。

2

生下李腊梅的丁香香，一只胳膊揽着李兰花，另一只胳膊揽着梁春花，她们三个没有了父母亲，也没有了公婆的女人一起哭得泪涟涟。

"兰花姐姐，我和春花姐姐都支持你走的这条'救命'之路。"

"有你们两个好妹妹，我知足！"

风车车随风转，转眼间，李腊梅满百天了。

丁家没有什么亲戚，李家亲戚远在绥德，生下女儿也不铺张，没有请家人来瓦窑堡。

但李汉明和妻子丁香香为人处世和善周到，人缘极好，女儿的百天酒席足足摆了三十桌，热闹非凡。

梁春花和丁香香亲如姐妹，她们同岁。在李汉明父母和丁香香父母生病离世后，他们三个人像是被一根红绳子绑在了一起，分不得，也离不得了。

李腊梅满月时，她的爸爸终于在李兰花连说带比画的指导下，经过媳妇丁香香的应允，随着梁春花不停嘴的教诲，小心翼翼地抱起了那娇小、稚嫩的小女儿。

　　终于抱起了这有血有肉的小人，这是他的骨肉。他忙不迭地用嘴巴小心地亲吻了小家伙，只感觉自己的嘴巴似乎还没有挨到女儿的脸颊，嘴巴上的毛碴子已经先入为主地扎了人家的小脸蛋儿，惹得娃娃号啕大哭。

　　于是，这个当爸爸的人慌忙把孩子还给了妻子丁香香。

　　三个女人笑得前仰后合，他则尴尬得似乎无处容身。

3

　　李白的《长干行》这样写道："郎骑竹马来，绕床弄青梅。同居长干里，两小无嫌猜"。

　　师文才和李腊梅从小一起长大，如同诗中所言的青梅竹马。

　　老话常讲婴儿的发育是三翻、六坐、八爬。

李腊梅三个月大时，会翻身了，一会儿仰着脑袋骨碌着身子，一会儿头朝下，用嘴啃大炕，梁春花把已满七个月的师文才抱到李家的大炕头上，让两个小家伙互相亲近。李腊梅六个月大时，会坐了，丁香香把她围在棉被窝里，她会坐着笑眯眯地流口水，手里抓着木把子铃铛摇起来。那个已经过了八月大的小伙子，能蹿起脚丫扶着炕沿站立了。他常在李家大炕头上连滚带翻地爬来爬去。他撅着屁股，前拱、后退，常常一个跟斗，三爬两爬，就直冲冲地爬将过去，目标是正围坐在花棉被圈里挥舞着小胳膊小手向前扑的李腊梅。等他终于到了，欣喜地用头去顶李腊梅被花棉被围着的肚子，顶得李腊梅笑得咯咯咯，两人的脑袋碰在一起，嘴巴和脸蛋贴在一起，玩得十分开心。

李腊梅很少哭，喜欢笑，笑起来声音又脆又长，任谁见了都会心花怒放。

4

转眼间要过大年了。古代的"年"是从腊日（即腊八）开始过，"腊八"则是从南北朝以后，延续至今的称谓。

李兰花、师福贵、梁春花都是在腊八过生日。

李汉明和丁香香抱着李腊梅，让她祝福她的大姨妈、师干爹和梁干妈生日快乐。她抱着自己小小的双手作揖，咧着嘴巴，笑眯眯，乐呵呵的。

腊月二十三，人们祭灶宫，俗称"小年"，这天开始陕北人过年的序幕徐徐拉开。

这一天，陕北人要迎灶马爷，把灶马爷的画像或者剪纸贴在灶台上，再摆上烧酒、水果、白馍、猪肉、牛肉、羊肉、鸡肉、白糖等贡品，再点上几根粗粗的红蜡烛，人们作揖祭拜，会走路的娃娃们跪下磕头祭拜，一直持续到大年三十。在祭灶公，迎灶马爷仪式之后，就开始紧锣密鼓地准备年货了。

李腊梅长大以后还记得，妈妈和梁干妈会在腊月二十三这一天，一起擀杂面。所谓杂面，是把各种豆子磨成豆粉，与白面掺和在一起，揉出来的面团可以擀得像宣纸一样薄，用木耳、洋柿子（即西红柿）、洋芋丁（即土豆丁）、肉末（猪肉、牛肉、羊肉任选）、葱花做成汤。李腊梅四个月大时可以用嘴舔一舔汤水，一岁四个月大时，可以让妈妈喂她吃一小碗杂面，香喷喷地连汤一起喝下，吸溜着鼻子，砸着小嘴巴。

在师文才和李腊梅年满五岁的那个腊月二十三，一大家人围在一起吃了顿羊肉丁饭，他们三个娃娃吃饱了，欢呼雀跃，手拉手唱着信天游。就在这一天，双方父亲商量之后，请了一位老先生到师文才家里教他们一起读"人之初，性本善……"

本想让桃花姐姐也一起跟老先生读古书，但是桃花一见到老先生便哭着闹着要回家，说什么也不肯留下来读书。于是，她妈妈便领走了女儿，她说桃花不愿意读古书就算了，自己教她些白话文就行。

第二年的腊月二十四，师文才和李腊梅一起学会了一句谚语，一同念叨着："腊月二十四，掸尘扫房子。"

师福贵和李汉明则会给师文才、李腊梅买来新的砚台、毛笔、宣纸、字帖等，他们哥儿俩说好了，要让他们的一双儿女识文断字。

腊月二十五，瓦窑堡乡里的人会用碾子碾米，用磨子磨面，用清泉水磨豆子，做出白嫩细腻、味香可口的豆腐。

接着，陕北家家户户都要炸油馍馍了，过年吃上油馍馍，预示来年越来越富有，除了油馍馍，还要炸油糕，吃了油糕，人人都会节节高升。过大年，吃油馍馍、油糕，预示着来年会过得红红火火，节节高升。

在丁香香和梁春花炸油馍馍、炸油糕的时候，两个当爸爸的会带着两个娃娃躲得远远的，到那孔不煎不炸的窑洞里，爬上炕去玩。

梁春花和丁香香在连着大炕支起的灶火上的大油锅前忙碌着。她们姐妹俩心心相印，总感觉是老天爷有眼，让她们姐妹做搭档，共同养育一双儿女。

腊月二十六，人家杀猪宰羊，他们两家去割肉，丁香香和梁春花带着两个孩子一起去，师文才最喜欢看杀猪，李腊梅不想看，她觉得太残忍了。

腊月二十七，赶集置办年货，乡里人杀自家养的鸡，而两个孩子跟着两个妈妈在集市上，她们姐俩买西瓜籽、葵花籽、花生、糕点、糖果，李腊梅喜欢吃苹果，师文才喜欢吃核桃。他们还要买花炮，要穿集市上卖的新衣、新鞋、新袜子，挑挑拣拣，过年可以买自己喜欢的东西。两位爸爸负责买烟酒礼品，那是要花大价钱的。

腊月二十八是陕北人蒸枣花的日子。陕北吴堡的大枣非常甜，商家用来做酒枣，这酒枣也称醉枣，是一种人见人爱的吃食，李腊梅和师文才都喜欢吃醉枣，如果两个人一起吃，小哥哥总是让着小妹妹，像是天生懂得似的，如果一小碟醉枣吃得就剩三五个的时候，小哥哥立马撤退，小妹妹怎么让他，他都不会再拿一个，再让，就直接走开了。

这红格盈盈的枣子，还有商家把它们用红线或者谷草秸秆串成串，上面挂个铜钱，下面坠上个鞭炮，让孩子们挎上，耷拉在新棉袄的背后。师文才和李腊梅三岁左右，已经能够迈开腿脚，连跑带跳地嬉戏了。于是，在过大年的时候，梁春花和丁香香会为这两个宝贝娃娃一人挎上一根用谷草秸子穿成一串的枣子，上面挂着铜钱，坠着鞭炮，随着他们神气十足的走姿，摇摆、跳跃着，在他们的新棉袄、新棉裤上甩搭着，真是酷得很。

穿得鼓鼓囊囊的哥哥小心翼翼地拉着穿花棉衣、戴红帽子的妹妹，他怕摔着李腊梅，那是他最心爱之人。但是，他们会手拉手一起原地蹦高，这样谁也摔不了跤，不会绊着磕着。

直到他们不再穿开裆裤，而是开始去读书了，嘴里念着的是"人之初，性本善"的时候，就再也不会一起手拉着手，也不会一人挎着一串红枣枣，原地蹦高了。

5

腊月二十八，他们两家人还会围坐在一起蒸白面馍馍，发面，和面，把面团做成各种各样的形状。因为根据陕北的风俗，大年初一到初五是不能动火蒸馒头的，所以过大年要吃的馒头得提前蒸好。因此，在腊月他们两家人会一起做馒头，让兰花来做专业指导，丁香香和梁春花跟着她们的兰花姐姐，忙得不亦乐乎。

对于兰花，两位爸爸异口同声地对两个娃娃说，叫"大姑姑"。两位妈妈则异口同声地对两个娃娃说，叫"大姨妈"。实际上，在他们还不会说话的时候，他们各自的妈妈叫他们给"大姨妈"作揖，而不是给"大姑妈"作揖，两个婆姨早已近水楼台先得月了。

"大姨妈，大姨妈，大花馒头真好吃！"两个娃娃稚嫩的声音拉得很长很长。

一到过年，他们的兰花大姨妈是最忙的人，家中有她的梨花婆婆和桃花女儿，要把年货置办齐全，还要把家里操持好，招待亲朋好友。除此，她还有独特的身份，因为这一天还有要出世的小小的人儿，他们前后脚探头探脑，想什么时候出世，就什么时候请兰花为他们的妈妈接生。

在忙忙碌碌之中，李兰花这位瓦窑堡的女医生天天都是笑模样。

师文才和李腊梅从小就崇拜他们的兰花大姨妈，他们的吃穿用，大姨妈有办法；他们有个小病小灾的，兰花大姨妈手到病除。

当然，他们两人的父母，也是他们崇拜的对象，师文才叫李汉明"李干大"，称丁香香为"丁干妈"，声音洪亮，充满感情；李腊梅叫起"师干大"和"梁干妈"，总是嗲嗲的、甜甜的、娇滴滴的，师福贵和梁春花总会笑得合不拢嘴。

两家人不分彼此，十分亲密。

就说为了过大年两家人一起蒸馒头吧，有的年头在师家，有的年头在李家，究竟在哪一家，很随意，没有定数，反正两家人住在一个大院子里。

腊月二十八，两家人都要理发，还要穿上新衣新裤，打扮梳理自己，漂漂亮亮过大年。

腊月二十九这一天，人们通常会给逝去的亲人上坟，打烧酒，带上祭品，以此寄托哀思，告慰先祖。在瓦窑堡的一片墓地上，有两座坟墓，一座是李汉明父母的，刻有"李天成和李林氏之墓"的字样；另一座是丁香香父母的，刻有"丁达行和丁刘氏之墓"的字样。

6

1921年9月，年满六周岁的师文才、李腊梅一起招手和私塾老先生再见，正式开始了读书生涯。

1903年废科举，兴学堂，正谊书院改名为安定县第二高等小学堂。

辛亥革命以后，改学堂为学校，到1916年，县立第一、第二高等小学堂改称县立第一高等小学校、县立第二高等小学校，私塾、书房（包括安定的文笔书院和正谊书院）均易名为小学校。他们三人在小学校里读书，称呼对方，直呼大名，没有昵称。

在李腊梅识字以后问过爸爸妈妈："为什么爷爷奶奶之墓是'李天成和李林氏之墓'，不能叫'林玲和林李氏之墓'呢？为什么姥爷姥姥之墓叫'丁达和丁刘氏之墓'，不能叫'刘元宝和刘丁氏之墓'呢？"

妈妈的回答是："因为是女嫁男，到男家，嫁夫随夫，而不是男嫁女，到女家，嫁妻随妻。"

爸爸附和说："你妈妈说得对！"

李腊梅虽然没有再说什么，但是她困惑不解地想，为什么必须嫁夫随夫？我日后就要让男方嫁妻随妻。

每年的年三十（闰年二十九）这一天，陕北民众也叫月尽。

一大早，人们赶早起身贴对联、贴窗花，捏水饺，李腊梅和师文才喜欢对联，喜欢窗花，也喜欢剪纸。他们会小心翼翼地把对联递给大人们，让他们往门上贴，再欢喜地拍起巴掌欢呼雀跃。剪纸是很精致细腻的艺术，源于面花。陕北婆姨们蒸大馒头，捏出各种小兽样子，不像绘画那样有严格的头颅、身形之比例。例如，捏个小燕子、小喜鹊、小鸡、小鸭，头都大致是一个样子的，只是在身子、嘴巴、翅膀、尾巴上加工、加色，鸭子黄黄的，鸭嘴扁长，鸭爪橘红贴在身体上；小鸡头上钩上青红丝中的红丝多多，尾巴翘起；至于老虎和狮子，头部、尾部勾勒一把，不用细雕细刻。陕北的剪纸很美，而师文才的妈妈梁春花则是手很巧的人，她用小剪子剪窗花，用小刀子按照模子刻出美丽的剪纸，例如："打腰鼓""纺线线""吹唢呐""扭秧歌""胖娃娃抱鲤鱼""花喜鹊跳枝头""舞狮子""龙凤叼喜字""百鸟朝凤"等，美煞人也。

陕北人都说，初一饺子，初二面，初三的合子满家转。

大年初一，人们一律要撅着屁股作揖、磕头。

这一天，还是李腊梅的生日，格外喜庆。民国开始用的阳历，把阴历的"年"叫做"春节"，春节加上"快乐"的字眼，或者加上"喜庆"的字眼，也可以称作"恭贺新春"，总之，李腊梅的生日和春节同一天，真是太幸福了！

从大年初一到十五，人们都在过年，辞旧迎新，陕北人自然是不怠慢的。

7

1925 年，瓦窑堡成立了安定县第二女子学校，丁香香和李汉明拉着十周岁的刘桃花和李腊梅，将她们两个人一起送进了这所新的学堂。

李汉明不舍地抚摸着女儿的头，轻声说："我送你去上学，不是要你光宗耀祖，是想让你走进新的学堂，学一些我和你妈无法学到的全新知识，你一定要好好读书。"

丁香香只是把拉着女儿的手轻轻放开了，用赞许的目光认真注视着女儿，笑眯眯地眨巴着自己那双水汪汪的大眼睛。女儿懂得，妈妈认为她一定行。

李腊梅扬起了头，对父母说："你们放心，我一定会好好读书的！"

刘桃花也对李汉明和丁香香说："李舅舅、丁舅妈，我妈妈去给人家接生了，我舅舅和舅妈送师文才上学去了，我进了女子学校会努力学习的，你们都放心吧！"

把李腊梅和刘桃花一起送进安定县第二女子学校的丁香香非常开心，李汉明也是笑眯眯的。

师文才今天也被师福贵和梁春花送进了新学堂，他和李腊梅、刘桃花虽然不在一所学校里，但是放学回到家，他们三个人总会在一起写作文，一起演算术……

第三章 抗日救国

1

李腊梅在安定县第二女子学校求学，经过不断努力，受益匪浅。

她的老师，一位是从横山来的共产党人师轩逸，另一位是从米脂来的共产党人丁晗。后来，在他们的引导下，她和刘桃花都先后走上了革命道路。

丁晗老师，中等个头，皮肤白净，说话声音洪亮，李腊梅很喜欢听他讲作文课。一天，李腊梅向老师请教作文写作，老师告诉她："李腊梅同学，我是米脂人，我父母和你的姥爷、姥姥家是世交。"

"丁老师，那就请你到我们家去做客吧！"李腊梅开心地说。

"好！"丁晗也爽快地答应了。

放学以后，李腊梅陪着丁晗老师去了自己家。

"丁晗老师，你好。"李腊梅的爸爸妈妈见到他，一点儿也不陌生。

"丁香香，李汉明，你们都好吗？"

"我们都很好。丁晗，你的父母亲都好吗？"丁香香大声问道。

"我们有将近三年没有见到二老了。"李汉明没等妻子的话说完，就急急忙忙说道。

"他们都很好，知道我到安定县第二女子学校教书，还让我一定去看望你们。对了，师福贵和梁春花不是和你们住在一个院子里吗？"

"是的，他们今天不在，你明天和师轩逸一起过来，我们聚一聚吧。"

"我们早几天就说好了，等一切安定下来，就一起到你们这里来，说说我们生意上的事情。"丁晗忙不迭，乐滋滋的。

李腊梅惊讶地看着父母和丁晗老师亲切交谈，后来她才清楚，她两位老师的父母和她的姥爷、姥姥、爷爷、奶奶以及师文才的爷爷、奶奶、姥爷、姥姥都是一起参加推翻清政府建立民主共和新政府的革命战友，而李汉明、丁香香、丁晗、师轩逸从小就在一起玩耍，如今也是挚友。

就在丁晗老师到李腊梅家的第二天，教李腊梅数学的师轩逸也来到李腊梅和师文才家，他们六个人都是革命同志，虽有些日子没见面了，一见面，亲切地互相搂抱着。

从此，他们常常在李家和师家的院子里聚会，关起窑门秘密交谈。

每逢这个时候，李腊梅会到师文才家里，在那间他们一起做作业的小书房里探讨书法，学习功课。

师文才练的是柳公权的柳体字，他说："柳体字多么秀气啊，瘦瘦的，十分俊美。"

李腊梅则喜欢颜真卿的字，她说："颜体字，横细竖粗，一笔一画，结构十分大气，感觉夯实。"

师文才常常为李腊梅磨墨，李腊梅为师文才铺开宣纸，两人互相欣赏，在一起总会有着说不完的话。

当然，他们也常常和刘桃花一起读书，一起做作业，但是刘桃花安静地做完作业就走了。因为，每逢她在的时候，三个人安静得像是在课堂上，谁也不说话，顶多互相问一问"做完了吗？"，接着，又安安静静，谁先做完书面作业，就先看教科书。

当刘桃花一走，师文才和李腊梅才会欢呼雀跃，毫无顾忌地大声交流起来，高兴了，还会情不自禁地一起唱信天游，他们最喜欢对唱《兰花花》，唱得很投入，歌声也很好听。

久而久之，刘桃花就不再和他们一起做作业了，她也有自己的好朋友，能谈得投机。

李腊梅喜欢跳绳、踢毽子、跳远、跑步。她在孩童时代，常常和师文才一起跳绳、一起踢毽子，师文才不但会踢毽子，还会用鸡毛和铜钱做毽子，后来也教会了李腊梅做毽子。

刘桃花也会跳绳、踢毽子，她们因为在一所学校的同一个班级，所以也玩得很好。但是，李腊梅和师文才在一起似乎更加合拍。

李腊梅和师文才都跑得快，而刘桃花总是撵不上他们。师文才和李腊梅一起跑起来，总是会放慢脚步让着李腊梅。从小就让习惯了，若是与李腊梅争强，他似乎永远也做不到。

李腊梅的学习成绩很好，师文才的学习也是顶呱呱的，他们在各自的学校里，各门功课在班级里都排第一，无人能及。

2

李腊梅的数学和语文是班上学得最好的，尤其是她写的作文，深得老师们的赏识。她说话和气，讲道理，同学们在学习上遇到疑难问题，都会找她请教，因为她会耐心解析同学的疑难问题。当同学之间产生误会，她也会帮助沟通，因此赢得了两位老师和同学们的信任和喜爱。

于是，经过同学们的投票选举和认可，她担任了安定县第二女子学校学生自治会主席、儿童团总队长。

1929 年 9 月，李腊梅、刘桃花和师文才先后加入了中国共产主义青年团。

1931 年，李腊梅、刘桃花和师文才小学毕业了。

接着，九一八事变爆发，日本占领了东三省。

这几年，李腊梅和师文才都知道，他们的父亲李汉明和师福贵一起做的生意赔了本，欠了别人一大笔钱，他们两家人只得勒紧裤腰带一起还账。

师福贵、梁春花、李汉明、丁香香、丁晗和师轩逸，他们白天教书的教书，做生意的做生意，到了晚上，在两个娃娃进入了梦乡的时候，家里还会来其他人，他们往往会开会开到黎明时分。师文才和李腊梅如今都是共产主义青年团员，他们也知道，全民抗日之事，已成为他们的父母、老师和同志们重要的议论话题。

就在这个时候，师福贵和梁春花得到了在香港做生意的一位亲戚对他们家庭所资助的一大笔钱财，这笔钱犹如给旱地下了一场及时雨。

李汉明和师福贵互通秘密信息，师福贵和梁春花带着师文才一起去了西安，李汉明和丁香香带着李腊梅留在瓦窑堡。

师文才的父母在西安和资助他们钱财的那位亲戚——梁春花的堂哥梁殿育，一起做起了珠宝生意，以西安为主，生意又扩展到了武汉、长沙，甚至一直做到了香港和澳门，各处都设有店铺，雇用了很多店员，生意做得红红火火。

李腊梅小学毕业的第二年，师文才和父母一起回到了瓦窑堡，他们两家人乐滋滋的，把李兰花和刘桃花也接到他们两家来团聚。

前一年的春天，刘桃花的奶奶白梨花去世了。清明节，他们三家八口人为刘桐和白梨花老人上了坟，还一起祭扫了李腊梅的爷爷、奶奶、姥爷、姥姥以及师文才的爷爷、奶奶、姥爷、姥姥。

此时，李腊梅在两位老师的指点下认真读书，继续投身革命工作。她知道师文才和刘桃花也是一边求学，一边参加革命。

刘桃花的妈妈李兰花，在瓦窑堡一边做她的接生婆和女医生，一边做革命的串联工作，常常为红军游击队送情报、药物，并且给游击队队员治疗枪伤、医治病患，还为红军游击队培养卫生员，每天都过得十分充实。

安定县（今子长县）是陕北革命根据地政治、经济、文化中心。安定县的城区瓦窑堡一带，在1924年就有了共产党人的秘密活动，而李腊梅的两位老师丁晗、师轩逸，父亲李汉明、母亲丁香香，师文才的父亲师福贵、母亲梁春花以及刘桃花的母亲李兰花，都是秘密撒播革命火种的共产党人。李兰花的小姨父刘琼和小姨师美兰已经成立了一支红军游击队，李兰花经常秘密给他们送情报。

可谓是"星星之火，可以燎原"，从1931年到1935年，先后有9支红军游击队在安定县一带与敌对势力对抗。

于是，抗日烽火在瓦窑堡及周围地区逐渐成为燎原之势。

1935 年 12 月，中共中央移驻瓦窑堡，并且在瓦窑堡召开了重要会议。

李腊梅和她的两位老师、父母、大姨妈，还有她的师干爹、梁干妈和师文才一起完成上一级领导交代给他们的工作。这里有少年先锋队的队员，有共产主义青年团的团员，有红军游击队的队员，有男民兵、女民兵，配合着红军驻军，贯彻执行中共中央领导决策的大政方针，拥护全民抗日。

瓦窑堡会议是遵义会议以后中共中央召开的一次重要会议，会议科学地总结了两次国内革命战争的基本经验，解决了遵义会议没有来得及解决的政治策略问题，确定了建立抗日民族统一战线的政策。

1936 年 6 月 21 日，中共中央撤离瓦窑堡。

抗日大局至上，中国共产党要发动、团结和组织全中国和全民族一切革命力量去反对当前的主要敌人日本帝国主义。

3

1936 年夏天，李腊梅考取了西安第一女子师范学

泉水入海

校，继续深造。李腊梅的两位老师对她表示了祝贺，他们为李腊梅联系好了在西安的共产党组织，组织同意接收培养李腊梅作为西安地区的革命活动的一分子。

离开瓦窑堡去西安求学，李腊梅不免对家乡，对亲人们依依不舍。李兰花和刘桃花一起来为她送行。去年，白梨花去世了，如今刘桃花也要离家远行了，她嫁给了参加过二万五千里长征的红一方面军的一位连长何勋，今年春节刚完婚。李兰花在家里为他们布置了婚房，何勋部队里的同志们、师文才一家人、李腊梅一家人，还有瓦窑堡商业一条街上的乡里乡亲都参加了他们的婚礼。

随后，师文才和家人一起回西安继续经营他们的珠宝店。

在李腊梅到西安上学之前，刘桃花告诉李腊梅，她已经参加了红军，即将与何勋一起离开瓦窑堡。

于是，在李腊梅家里，她和父母亲、李兰花、刘桃花、何勋一起吃了顿李兰花亲手擀的杂面条。

丁香香说："娃娃们，你们放心走吧，我们把你们的妈妈接到我们家一起过，互相照应。"刘桃花闻言后热泪盈眶。

身着军装的刘桃花和何勋走后的第三天，李腊梅一家人也出发了。

"大姨妈，再见了！"

李兰花抹着眼泪，丁香香也热泪盈眶，李腊梅是很少哭天抹泪的，这次泪水在眼眶里打转。

4

李腊梅的父亲李汉明驾着做生意用的马车，带着妻子丁香香和女儿李腊梅，紧赶慢赶，整整走了两天，才到了延安。

李腊梅第一次离开瓦窑堡，到了延安，她和父亲、母亲站在宝塔山下，感觉天地仿佛变得宽阔了。

"妈妈，你看，宝塔！宝塔！"

"是啊！我和你爸爸成亲以后，也是第一次来这里。"

"你们娘俩儿，一个性子。"李汉明在一旁打趣道。

"爸爸，俗话说'有其父必有其子'，你却没有一个像你一样帅气的儿子，你难道不感觉遗憾吗？"

"师福贵大哥的儿子师文才，从小在我这个叔叔膝下长大，那就如同我的儿子一般。我有儿子有女儿，你说我有什么可遗憾的呢？”

"我和你爸爸最开心的就是你有小哥哥师文才，如同我们儿女双全，你们说对不对？"丁香香搂着女儿笑起来。

他们在延安住了两天，接着又上路往西安赶，一走又是五天。在黄陵地界，他们一起拜谒了黄帝陵，祭了祖宗。

接着，他们又路过了开有煤窑的铜川城。

李汉明告诉女儿："这铜川城是鬼门关。那些下煤窑的苦力，在黑黢黢的井下挖煤，四十天才能升井见天日。如果井下发生事故，煤窑垮塌，他们的命也就埋在了井下。"

"他们真苦啊！"李腊梅不禁感叹。

这五天，太阳和月亮轮流当顶，和风习习，老天作美，没有为难行路人。

他们一家人终于顺利到达西安古城。

西安（古称长安、镐京），是一座有着十三朝古都历史的西北重镇。对于西安的历史，李汉明和丁香香一路走，一路向他们的宝贝女儿娓娓道来。

李腊梅聚精会神地听着，她对瓦窑堡、对延安、对西安古都、对陕西，对中国的文化了解得越详尽，作为中国人的自豪感油然而生。

5

李腊梅的父母带她去看了西安的小雁塔，又带她去了大雁塔。

"哇，爸爸、妈妈，天地之大呀！我看到了更加广阔的世界，真是太美妙了！"

"我女儿确实是见过世面的，以后还有更大的世面会见到的，腊梅，你人生的路还长着呢！"李汉明十分欣喜。

李腊梅被父母带到了哥哥师福贵和嫂嫂梁春花的珠宝店里，他们两家人在西安团聚了。

李腊梅和师文才虽然分别不久，但却如同久别重逢一般。

师文才如今在西安一所财经类学校读书，他一边上学，一边协助自己的父母和舅舅梁殿育管理着西安的珠宝店铺。

年满 21 岁的师文才，玉树临风，西装革履，脚上的皮鞋擦得锃亮，走起路来挺胸昂头，似一阵风。他长得英俊，一米八八的个头，一脸络腮胡，眉毛浓黑，单眼皮，细长的眼睛炯炯有神。他鼻梁高高的，嘴唇厚厚的，笑起来显得亲切憨厚。

这一次李腊梅靠自己的本事，考进了西安的学校。师文才一直盼望李腊梅的到来，今天终于如愿以偿了。

李腊梅一到西安，来迎接她的师文才一见到她，就张开了双臂，李腊梅飞快跃步，扑进了他的怀抱之中。

双方的父母站在他们后边抿着嘴直乐。

"这两个小娃娃，如今长大了，他们就像是天生的一对啊！"梁春花搂着丁香香高兴地说道。

"谁说不是呢！"丁香香大声应和着，她太满意了。

"等到他们一个能够娶亲了，一个能够嫁人了，我们就回瓦窑堡，给他们准备最盛大的喜宴，在瓦窑堡的商业一条街上，把亲朋好友都请来。"

"李汉明呀，李汉明，你难道只知道瓦窑堡商业一条街吗？难道我们不能在西安最豪华的饭馆里风光一把？"

"哈哈哈！那么，先在西安办完之后，再回瓦窑堡，西安的你包办，瓦窑堡的我包办，咱们这两个娃娃青梅竹马，日后成亲是一定的。你看看他们亲呢的样子，谁也把他们拆不散。"

"对！你说得太对了！"师福贵赞成道。

"我真的很想你！"师文才按捺不住内心的激动。

李腊梅满含热泪，她依偎在师文才的怀抱之中，什么也没有说。她也长成了一个俊俏姑娘，身材苗条，一米七六的个头，白皙的皮肤，俏丽的面容，双眼皮、大眼睛，嘴唇薄薄的，笑起来脸颊上有一对深深的酒窝。

李汉明和丁香香在西安住了三天，与师福贵、梁春花和他们的一双儿女挥手告别，李汉明大鞭子一甩，驾着马车离开了西安。

6

西安第一女子师范学校开学了，李腊梅正式开始了大学生活。

在西安念书，李腊梅和师文才可以常常见面，而且李腊梅的学校离珠宝店步行半个小时就可以到达。

梁春花给李腊梅专门收拾出一个房间，里面有书柜、书桌、沙发、衣柜和一张单人床，但是李腊梅很少到这里来住，学校住宿也很方便，而且她除了上学，还有许多事情需要去做。

　　一天，李腊梅和师文才一家人吃了晚饭，饭后和师文才聊天，她说道："师文才，我们两个人如今都是革命者，在为抗日救国努力奋斗，对吗？"

　　"对，我们两人都成为革命者了，我们之间的秘密已经不再需要互相隐藏了。"

　　"我懂得！师文才，作为保密工作者，有些事情是不用对同志隐瞒的，但是还有一些也许一生一世都不能透露半个字，革命工作需要保守秘密才能干卜去，对吗？"李腊梅十分认真地问道。

　　"是的。我们的革命斗争在隐蔽战线也会有激烈的交锋。我们需要严格服从组织要求保守秘密。"师文才听了青梅竹马的邻家小妹妹对革命的认识，感觉到这位小妹妹愈加成熟、睿智。

　　"等我们完成学业，我娶你为妻。"师文才突然在李腊梅面前立正站好，严肃认真地说。

　　"我非你不嫁！"李腊梅也抬起了头，十分动情地说道。

此时，西安地区掀起了抗日高潮。

李腊梅一到西安，就在丁晗的帮助下，与上一级领导金山取得了联系。

9月底，李腊梅被金山任命为临时负责人，带领十几名刚刚从关外和陕西其他地区到西安来的共青团员，开展革命活动。

12月9日，李腊梅带领团员，参加了西安学联组织的抗日救亡、纪念"一二·九"学生运动一周年活动，还参加了西安市17所学校的学生到临潼向蒋介石请愿"反对内战，一致抗日"的游行示威。

师文才也自告奋勇和她一起参加到这一斗争之中。

在西安事变爆发前夕，西安17所学校的学生在临潼围住了着便装站在田埂上的张学良。

学生们一起呐喊："中国人不打中国人！"

"打回老家去！"

"一致抗日！"

关内外的热血青年们齐声高呼着口号，像中华大地上的雷声在滚动，形成了一种雷霆万钧之势。

师文才紧紧攥着李腊梅的手，振臂高呼口号。

张学良十分郑重而友好地向大家挥着手。

1936 年 12 月 12 日，西安事变爆发了。

在西安，李腊梅与师文才常常在珠宝店见面，也因此能够见到他的舅舅梁殿育，还有师干爹和梁干妈，通过频繁与他们相见，她了解到师文才此时似乎另有重任在身，至于什么重任，她不便打听。

就在西安事变爆发后两天，李腊梅与金山突然失去了联系。

此时，师文才家的生意越做越红火，珠宝店里人来人往，南方的生意由师文才的舅舅梁殿育负责打理，北方的生意主要在西安及周围地区。

李腊梅一边继续寻找组织，一边在学校读书。

有时，她因为需要寻找组织，常常会离开学校到自己曾经去过的一些舞厅、电影院、剧院、书店等地，去寻找那些接过头的人，可怎么也找不到他们了。

李腊梅知道，他们都在为抗日而奔忙。

珠宝店里的人们一边做生意，一边在秘密交接着什么，李腊梅有经验，所以知道这里是一个十分重要的秘密交通点。

一天，师文才告诉李腊梅："我想向你透露一个秘密。明年春节前后，我将和父母一起去广州进货，接着我们会一起去港澳地区，建立一个秘密的地下工作联络站。"

"那我们暂时见不到了？"

"双方父母商量了，想让我问一问你，能随我们一起走吗？我们先在西安完婚。"

"现在不行，我有神圣使命在肩，我不能离开我的革命工作。师文才，我爱你，也懂你，你爱我也应该懂我。"

两个人默默地点头，紧紧拥抱在一起。

两个情窦初开的俊男靓女明白自己的处境，也明白国家的处境。东三省已经沦陷，保家卫国，民之大业，也是他们肩头扛起的重任，是绝不能怠慢的。

奔赴延安

第四章

1

李腊梅一心与上级接头，决心加入中国共产党，但她没有告诉师文才。她知道，师文才现在也许已经是一名党员，是一名革命者了，但是他们是有约在先的，各自有各自的秘密。

李腊梅在找组织，组织也在找她，虽然和金山失去联系只有短短的一周，但找不到金山老师，许多着手开展的工作将无法继续下去。

一天，李腊梅在珠宝店和师干爹、梁干妈以及师文才吃着午饭。他们已经有近一个月的时间没能够在一起聚餐和交流。

就在这个时候，他们店里的一位伙计过来了。

李腊梅常常会见到这个人，知道他叫李冉，在珠宝店的大堂里做事。

李冉对师福贵说："掌柜的，你托我办的事情，我办好了。"

于是，师福贵对李腊梅说："孩子，饭吃好，就跟着你李冉大哥去办你的事情吧。"

李腊梅眨巴着明亮的大眼睛，立刻心领神会。

原来，就在前两天，她的老师丁晗到西安来办事，他们见了一面。李腊梅见到丁晗，就像鱼儿见到水一样，她急不可耐地将自己的情况向老师作了汇报。

丁晗对她说："组织里出现叛徒，受到了一定的损失，但是重要领导人及时撤退，有生力量最终得到了很好的保护，等一切工作恢复就绪，你能和组织重新联系上的。我知道，你的上一级领导人金山老师也正在急不可耐地寻找你，因为直接和你联系的袁梅同志牺牲了。你是党组织重点发展的对象。不用急，老师会负责帮助你解决当前面临的问题。"

她与丁晗分别后，日思夜念，希望早日能和金山老师接头。

"李冉大哥，你好！"李腊梅把手伸了过去，她和李冉热情地握了手。

“李腊梅，你好，我也一直在找你。”李冉握着李腊梅的手说道。

“孩子，放心，李冉会带你去你应该去的地方。”梁春花笑眯眯地搭话。

“李腊梅，你去吧！祝你一切顺利。”师文才不避嫌，大庭广众之下，起身张开了他的臂膀，紧紧抱住了李腊梅。

2

时间不等人，师文才放开了李腊梅，立正站好，和他父母一起与李腊梅笑着挥手告别。

李冉和李腊梅一起搭上了一辆等在珠宝店门口的货车，司机袁青李腊梅认识，之前坐过他的车。

车开动了，李冉小声问李腊梅：“金山是你的领导？”

“对！李冉大哥，你也认识他？”

“认识，他也是我的领导。”

“呀！我们都在他的领导下工作。”

“当然，现在我不归他领导了，不过他确实是一位了不起的领导人。”

"他年龄应该不小了吧，我和他在一起的时候，都不敢和他对视，也许，他大我一个辈分吧？"

李冉大笑起来，笑得李腊梅直挠头。

"他呀，只有二十九岁，在一所学校里教书，是一位名副其实的老师。"

"他就比我大几岁啊，看上去不像。另外，我和他只见过两次，匆匆忙忙交代工作、布置工作，联系很少，没有深交过。"

"是啊！"李冉沉默了。

"我听丁晗老师说，组织里出了叛徒。"

"是的，这是前些日子的事情。一个叛徒出卖了组织，金山的妻子袁梅外出送情报，与她接头的叛徒被她识破，于是，她将情报吞进口中咽了下去，被那个叛徒活活掐死。随后赶到的一位女同志击毙了叛徒。"

他们两个人都沉默了。开车的袁青在抹眼泪。

"司机大哥袁青就是金山的大舅哥。"李冉轻声说道。

李腊梅只感到鼻子酸痛难忍。袁梅是一个十分秀气、活泼开朗的人，她们很投缘。据说，她在一所小学里教书，说起话来声音清晰、悦耳，她是西安人，家就住在南门里。李腊梅喜欢她，但是并不知道，她就是金山的妻子，是袁青大哥的亲妹妹。一路上，三个人都沉默着。货车停在了一座院门外面，李腊梅下了车，金山迎上前来，他和袁青、李冉拥抱之后，欣喜地和李腊梅握手。

3

1937 年 2 月 20 日，在鲜艳的中国共产党党旗下，李腊梅宣誓加入中国共产党，从此，正式成为一名党员。

李腊梅入党以后，金山向她发出指示，陕西省委选派她担任西北抗日民族解放先锋队总队部妇女儿童部的部长，带领由 24 名学生组成的宣传队到陇海铁路以西，临近西安的兴平、武功、扶风等地去宣传我党的抗日主张。

李腊梅领命来到了设在武功的西北农林专科学校[①]，她带领的 24 名学生组成的宣传队就在这所学校里集中。

---

① 即今西北农林科技大学的前身。

在到这里之前，李腊梅已经在金山和几个同志那里得知了这所学校的历史背景。

当时，李腊梅的领导，这位头顶秃秃的、学究味儿十足、戴着厚厚的近视镜的金山，给李腊梅看了资料，并且讲述了以下史实：

4000多年前，中国农业祖师后稷在武功古城（古城名曰邰国）教民稼穑，创造了先古时期中国农耕文化的辉煌。

后稷是帝喾与姜嫄的儿子，名叫弃。弃自幼受到母亲的谆谆教诲，立志干一番大事业，曾经追随大禹治水13年，划九州、凿九河、疏通河道、引水入海流，立下了千秋功业。

弃治水归来后，又为天下芸芸众生果腹维命着想，把土地划分为青、赤、黄、黑四种，以谷物秉性宜地而种；创造出挖、打、刨、耙等木石工具，发明了领先世界一千多年的犁具和农耕技术；总结出了一整套农事活动经验，无偿传播给族内众生和族外来访之人。当时庄稼连年增收，从而"粒食万民"，弃因此名声大振，远播九州，被尧帝闻知后拜为农师，行走天下，查看庄稼，督促农事。

舜帝继位之后，敬他之品行，嘉他之功绩，封土于"有邰"，赐号曰"后稷"。后稷"功崇平地，德大配天"，被人们奉为农神，尊为农业始祖。

所谓教稼台，顾名思义就是农耕文化的讲台，中国历史上第一位领讲农学的老师谷神后稷就在武功张家岗一带，教民稼穑，这里成为中国开天辟地的第一所农学院所。

清代道光五年（1825年），武功知县邓兆桐重修了这里的教稼台。

教稼台成为人们怀念远古祖先为发展农业而辛苦劳动的象征。

1928年至1932年，陕西连年大旱，蝗虫、瘟疫祸患不断，关中平原"赤地千里，饿殍遍野"，死亡灾民300余万人，外出讨饭40万人。当时担任国民党检察院院长的于右任奉命回陕西赈灾，他认为："亟当从事开垦，讲究农业。若设农林学校培养人才，可籍学术机关与地方人士合作，以学校为造林及垦荒中心，再求民族之生路，全国家之命脉，庶几可得。"

于是，于右任发出了"开发西北""兴农兴学"之呼吁。

1933年1月，时年54岁的于右任老先生拄着拐杖，身着粗布棉袍，率领建校的筹备人员，顶风冒雪查看校址，最终选定了张家岗。张家岗有三道塬，分为上、中、下三塬，武功农学院选址在张家岗的上塬，上塬叫凤山岗、凤头，吉利而大气，犹如凤凰欲展翅飞翔，此乃风水宝地。于右任先生说："武功是周武王伐纣用武成功而命名的。周的先人后稷，就在这个地方教民稼穑。武功原有后稷庙，纪念这位农业的创始人本是有意义的。我们在这里创办一所农学院，以纪念这位农业专家，就更有意义了。"

1934年3月，筹委会公推于右任为校长，1934年4月20日，国立西北农业专科学校7层教学大楼奠基，这标志着中国西北地区第一所高等农业学府成立。

在奠基的多块砖上，于右任校长字迹笔锋遒劲地镌刻下"农专"二字。

李腊梅听到了有关国立西北农业专科学校成立的消息，不胜感慨。她对金山说："于右任老师是我们陕西三原县人。"

"是的，他是著名的政治家、教育家、书法家，长年在国民政府担任高级官员，是中国近现代高等教育奠基人之一，参与创办了复旦大学等多所高等院校。"

略微停顿了一下，金山对李腊梅说："我们的国家历史悠久，文化发达，如今日本人狼子野心，想侵略中国，所以我们必须全民抗日，粉碎他们的侵略！"

"好的！"李腊梅回答得干脆利落。

李腊梅随几位同志一起来到了西北农林专科学校，见到了那三名和他们一起在西安参加"一二·九"学生运动的中国共产主义青年团员刘蕾蕾、同心也和杨天宇，他们三个人的故事，这一次李腊梅了解得更加详细。

4

原来，1935年秋天，他们是一起坐救护车先护送同班同学李默默入关到天津的一所医院的，后来三个人又一起到西安。这次，他们也一同来到了武功农学院，等待率领他们工作的西北抗日民族解放先锋队总队部妇女儿童部部长李腊梅。

李默默的父母是东北的地下党人，在沈阳执行秘密任务时遭遇日本特务的打击报复而双亡。李默默没有把父母牺牲的消息告诉自己在天津的爷爷、奶奶，她在上一级组织的领导下，在沈阳继续完成自己的高中学业，作为共青团员，她和战友们在进行秘密串联工作，支援抗日义勇军。

丧心病狂的日本特务对李默默也不放过，他们开着卡车，把在沈阳一条大街上过马路的李默默疯狂撞倒在地，使其受了重伤。她受伤后被同学们送到了一所医院处理伤情，东北地下党组织派救护车带她秘密入关，并且还有她同一所学校的刘蕾蕾、同心也、杨天宇，他们将她送到了天津的一所医院抢救。

得到消息赶来医院的李默默的爷爷、奶奶见到了孙女的最后一面。

李默默拉着爷爷、奶奶的手，告诉他们："我的爸爸、妈妈开车去接应大舅，不幸牺牲了。东北的义勇军在打鬼子，英勇的抗日联军，在抗击日寇。爷爷，奶奶，孙女怕是不能继续参加抗日了……"

李默默已经处于弥留之际，仍没有忘记父母以及自己的神圣使命。

最终，李默默含笑死在奶奶的怀抱里。

悲痛欲绝的两位老人写了一封短信，交给了刘蕾蕾，让她和同心也、杨天宇一起先去西安，找他们入关以后的领导人，接受组织给他们安排的工作。他们到了西安，被组织送进中学继续完成学业，并且参加了西安的学生运动。

5

刘蕾蕾，出生于 1918 年 12 月 31 日，在东北上小学时就喜爱打篮球，年龄在学校同班级的同学中是最小的。李腊梅和她都是高个子，一个端庄秀美，一个活泼好动，她们俩皮肤白净，又很有人缘。李腊梅把这个小自己 3 岁的姑娘当妹妹看待。

一天晚上，李腊梅又和刘蕾蕾挤在一张床上，说着真心话，直到后半夜。刘蕾蕾手里有一本英文版的《共产党宣言》，前些日子她在指导李腊梅阅读此书。刘蕾蕾的英语很好，尤其是口语，李腊梅对此很佩服。

"你那本英文版的《共产党宣言》我读着已经不那么吃力了，你用牛皮纸把这本书包得很精致，边边角角折起来，就像是书的四个角，还镶嵌着一模一样的三角花边，让读书的人爱不释手。师文才前两天给了我一本新的英文版的《共产党宣言》，你这本精致的书就物归原主了，万分感谢。"

没有想到的是，刘蕾蕾却抹起了眼泪。

"你的这本书难道是李默默的？"李腊梅的脑袋飞快地演算着，迅速得出了结论。

刘蕾蕾点头，悲痛之极。

李腊梅坐起身来，用一条干净的小毛巾为刘蕾蕾擦眼泪。

"这书是李默默买的，我一本，她一本，都包着牛皮纸，那牛皮纸还是李默默妈妈给她的。李默默走了，我真的是难过极了！

隔了许久，李腊梅又问道："你离开家乡东北一年多了，想念你的爸爸、妈妈吗？"

刘蕾蕾很激动地对李腊梅说："李部长，我的爸爸、妈妈是从澳门返回东北坚持抗战的，他们一起加入了抗日义勇军。我匆匆忙忙离开沈阳，已经很久没有我爸爸、妈妈的消息了，他们和我的两个哥哥都跟着杨靖宇的部队在打鬼子。我的两个哥哥已经战死疆场，这个消息我也是刚刚得知的。为了抗日，李部长，你的指挥我们一定服从！"

李腊梅紧紧握着她的手。

刘蕾蕾的好朋友同心也，如今也归李腊梅领导。

同心也这一次参加宣传张学良发动的西安事变、反蒋抗日宣传队，又是在李腊梅的领导之下，很激动。他对于这位年轻、能力强的领导人非常敬重，当他进一步得知李腊梅来自革命中心陕北瓦窑堡，且上小学的时候就开始参加革命活动等，他更是对其佩服有加。

李腊梅把宣传队的成员组织起来，向大家做了一个工作报告，并且告诉大家："西安事变和平解决，标志着抗日民族统一战线的初步形成。"

杨天宇对李腊梅说："我刚刚从广播里听到毛泽东在陕北抗日红军大学所作的《中国革命战争的战略问题》演讲。这个演讲真好，里面总结了我们党领导的武装斗争的一些成功的经验，系统地阐述了中国革命战争和战略方面的问题。如果能够到红军大学里听他的演讲，该有多好啊！"

"那我们努力奋斗！"李腊梅笑了。她在想，何止是你们呀，我也想去抗日红军大学。

李腊梅领导宣传队的成员开展宣传活动，当时，武功西北农林专科学校还派出了一辆汽车方便他们工作。

一路上，对于西北农林专科学校的历史，宣传队的成员都一清二楚。

李腊梅领导大家顺利完成了宣讲任务，在 1937 年的春天顺利回到了西安。

6

金山在西安和宣传队的成员见了面，大家一起开了座谈会，李腊梅向领导进行了汇报，对宣传队的工作进行了总结。

之后，宣传队里很多人提出想上抗日红军大学。

金山对他们说："抗日红军大学如今已经从瓦窑堡迁到了延安，改名为中国人民抗日军事政治大学。大家想上抗大的心情我理解，但是我们 24 名宣传队的队员不能都去上大学，还有许多事情需要我们去做。所以，我们要服从组织分配。"

宣传队队员们点头称是，他们根据革命工作的需要，陆续奔赴自己的工作岗位。

同心也、杨天宇也与李腊梅一起奔赴延安，去抗大报到。

根据工作需要，刘蕾蕾被金山派到了师福贵那里，李腊梅也和马上要去香港的师文才匆匆见了一面。

组织上把刘蕾蕾派去和他们一同工作，在香港和澳门，刘蕾蕾不仅有亲戚，还有她和父母参与建立起来的秘密工作联络点。

　　刘蕾蕾坚决服从组织安排。

　　见到师文才的李腊梅仍然很激动。

　　"我们要分别了。"师文才望着李腊梅道。

　　"金山老师已经告诉我了，陕西省委答应了我的请求，介绍我去抗大学习，我和几个同志明天一起走。"

　　"我有十分艰巨的工作需要完成，时间会很长很长，所以，我们分开之后……"师文才的眼眶湿润了，话说不下去了。

　　"你去南方，我去延安，都是为了全民族的抗日大业。我们分别了，后会有期。"

　　李腊梅扑进了师文才的怀抱，他们紧紧拥抱在一起很久。

　　第二天，李腊梅和几个同志一道坐上一辆大卡车，直奔延安。

　　4月，春暖花开，天地间一片欣欣向荣。

　　去延安上抗日军政大学的路是艰难曲折的。

那蜿蜒的道路崎岖不平，卡车不得不一路颠簸着行进，而有的人心路亦跌宕不定。

李腊梅自己也是心知肚明，她和心爱的师文才都还很年轻，他们可以拥有的生活之路还很长。这可以说是一个不争的事实，并且决定了他们两人以后感情生活是有许多坎坷的，这些人生的沟坎，有很多是难以跨越的。但是，今天，他们为了民族解放的伟大事业不得不忍痛分开。

卡车上的青年人都眼巴巴地盼望能展翅飞到延安的宝塔山下。尤其在当下，大敌当前，日本侵略者已经占领了中国的东三省，知识青年要抗日，要寻求救国的真理，路在何方？

终于，他们立志要到革命圣地延安。

在中国，四面八方的有志青年，冲破一切艰难险阻，不惧怕荷枪实弹的国民党兵士的层层设防，抵抗来自家庭和社会的阻挡，奔赴延安干革命，这就是当年的一种勇气。

他们坐卡车要颠簸三天，才能从西安到延安。

一路上，卡车上许多人都在窃窃私语，间或还会有人大声喊叫着，或者大声欢呼起来。

"什么时候能到延安呢？黄黄的秃头山包一个一

个沿着这洛河的河道，荒凉之极。"同心也在上路之前就知道，从西安过了铜川，就满目皆黄了，黄土地、黄山坡、黄黄的洛河水、黄黄的窑洞一孔又一孔……

"不全是黄颜色，看那边，冬小麦在返青，那一块一块的绿颜色，不是比比皆是吗？"杨天宇搭茬说道。

杨天宇是个两米高的东北壮汉，虽然刚满19周岁，却也风华正茂，帅气十足了。他看上去像是一个篮球场上的干将，但是却很少接触篮球，人家打篮球时，他往往是在啃书本，足球能踢几脚，但绝对不是健将。刘蕾蕾对他也是心服口服，因为论学识，似乎周围没有哪一个人能比得上他；论胆量，他也是数一数二的。

7

"杨天宇是正确的！"从后面传来一个响亮的声音。

"对！还没有到洛川塬上，到了洛川，离延安还有很远的路程，过了洛川、茶坊，就到甘泉了。"

李腊梅一字一句，侃侃而谈，声音很大，清亮悦耳，卡车上除了同心也和杨天宇，众人也都竖起了耳朵，热烈而激动的目光一齐投向了李腊梅。

"是啊！你是陕北人，从西安到延安，再到瓦窑堡，这一路的山山水水，你应该是再熟悉不过了。看来，你应该是我们奔赴延安的向导啊！"杨天宇乐了。

"诸位有什么需要问的，只管问我好了。"李腊梅也笑起来了。

"看！快看！那些男人，头上扎着白色的毛巾！"卡车上有一个人大声喊叫起来。

"陕北男人都用羊肚手巾笼着头。我虽然是第一次到陕北来，但是从上海出发前，到陕北来过的一个朋友给我们讲过这羊肚手巾。"有一位上海姑娘快言快语道。

大家在颠簸的卡车上聊起了天，越聊越热闹。不知不觉，他们过了洛川，过了茶坊，过了小小的甘泉县城。

"过了甘泉县城了！"李腊梅告诉大家伙儿。

他们的卡车没有进小县城，在凹凸不平的土路上直冲冲向延安行驶。

"哇！我们快到了！"卡车上的人们都激动起来。

"我们用了三天的时间，在黄黄的、凹凸不平的泥土路上颠簸着，现在终于要开到终点。"

忽然，有几个人跳起来欢呼道："到了！到了！我们到家了！"

显然，这几个人是去过延安的，李腊梅点着头笑起来。

"哪里到家了？"同心也急切地问李腊梅。

"看到那个穿着老羊皮袄的人了吗？"

"看到了。"同心也说。

"我也看到了。"杨天宇伸长了他的脖子。

"看到了。"很多人随后都喊了起来。

"那个人是我们的岗哨，我们马上要进延安城了！"其中一个人很认真地说。

"对！我们的岗哨！"李腊梅随声附和道，虽然她是第一次坐卡车从西安到延安。

"到了！到了！我们到延安了！"站在卡车上的年轻人兴奋地站了起来。

终于，三天卡车行程要结束了，这是李腊梅从西安到延安走得最快，也最顺畅的一次。

大家终于来到了延安，来到了宝塔山下。

要进入抗大去圆梦了！

泉水入海

第五章 解放妇女

1

李腊梅入学后成了抗大第一期四大队十队的学员（四大队政委是董必武，队长是聂鹤亭，十队队长是边章伍），担任了四大队女生区队副队长和十队党支部的委员。她穿上了红军的军装，从此，投身于武装革命斗争的光辉事业。

她一门心思全部都用在了学业上，对师文才的思念，随着在抗大里学习和训练任务的不断增加而减淡。

李腊梅的父母和师文才的父母也失去了联系。

在抗日军政大学上学期间，李汉明和丁香香一起到延安办事，和女儿匆匆见了一面，并且给李腊梅带来了一个不幸的消息。他们到延安来的前夜，从西北地区奔赴广东、港澳地区的地下党组织，遭受了叛徒的出卖，绝大部分同志都牺牲了。李腊梅熟悉的师文才和他的父母，还有刘蕾蕾等一应人员，无一幸免。

投身革命的共产党人，早就把生死置之度外了。

只有在夜深人静的时候，李腊梅才会以泪洗面，任凭自己的泪水把枕头浸湿。她在哀叹："没有师文才，我怎么会幸福呢！"

师文才走了，去另一个世界了。可是，李腊梅摸着自己的心口窝，闭上满含热泪的双眼，似乎不相信师文才已经离她而去了。

2

1937年8月，李腊梅从抗大毕业了。抗日战争全面爆发后，国共进行第二次合作，毕业于抗日军政大学的学员，都成为八路军的军官了。

李腊梅毕业后，被组织上分配到陕甘宁边区党委妇女部担任干事；同心也被组织上分派到山东省的抗大分校工作；杨天宇则回东北，参加抗日联军。

他们三人即将各奔东西，奔赴属于他们的抗日阵地。

临走前，他们一起聚在抗大门口的一家小饭馆里，吃上了一顿地道的陕北杂面条。

席间，三个人居然安安静静的，没有十分热烈的交流，谁也没有滔滔不绝，只有眉宇间的坚定和凝重。

刘蕾蕾牺牲的消息，其余二人，从李腊梅那里已经得知。

李腊梅知道，刘蕾蕾是同心也和杨天宇心中暗恋的人，他们两人从东北入关到天津，再到西安，都曾追求过刘蕾蕾。

刘蕾蕾在和李腊梅聊天时说过，他们都在追求自己，而她还没有时间考虑究竟谁更合适，现在不是适当的时机。

随着革命形势的发展，二人各奔东西，尽管他们两人心中都有刘蕾蕾，分开以后，就如同他们两个人手中正扯着的风筝，突然间却断了线，如今已经飞进了云层，他们以后再不会有交集了。

如今，他们两人都从抗大毕业了，即将投身革命。

就这样，用了8年的时间，李腊梅从一名女校的学生，逐步成长为一名共产党的妇女干部。

3

许多人形容爱，说那是花，是蜜，是娇嫩的、美丽的、甜蜜的。但是，人世间也有一种爱，是一种心灵、情感上的契合。

1937 年年底，李腊梅作为陕甘宁边区党委选出的延安县党代表大会的代表，刚刚开完会回到驻地，就听说新近调来了一位陕甘宁边区统战部的副部长，名叫江毅，籍贯是湖南省江华瑶族自治县，19 岁去苏联留学，回国后在广东省做过团省委书记，在广东东江红军学校当过校长，担任过湘南特委书记，红军长征经过湘南时，他随主力红军参加了二万五千里长征，先在红一方面军，后来又被调到红四方面军。江毅就住在自己和陕甘宁边区妇联组织部长刘素菲的隔壁，人蛮不错的。既然是近邻，她和江毅进进出出的也就常常能够见上面，打打招呼。

江毅一米八八的个头，在南方人中属于佼佼者。中国的南方人，尤其是湖南、湖北的人，号称"两湖之人"，大部分人没有北方人个子高大，而江毅则属于"两湖之人"中的另类。他高高的个子，大大的眼睛，黑黑的眼睫毛，眉毛浓黑，是一个标准的美男子。

李腊梅也知道江毅是一个美男子，但仅此而已。她还没有考虑过自己的终身大事。因为，师文才仍然活在她的内心深处，不会轻易被遗忘，她也容不得别人横插进来。

江毅对于她人生的意义何在呢？她从来没有想过，但是有一帮子人却有别的想法，要为她和江毅"拉郎配"。

当时的边区党委妇女部的部长李坚贞和其他同志，跑前跑后撮合两人。

"李腊梅，怎么样？那个江毅，高高的个头，样貌也不错，和你蛮配的。"

"刘大姐，你是说把江毅和我配对？"

"是啊！"

"我嫁给他？"

"对！他觉得你很不错，托我来说媒的。"

结婚？和江毅？这对于李腊梅来说，似乎太突然了，在她的内心深处的结婚对象依然是师文才。

她没有说什么，只是掩面而去。

"这没有什么好害羞的，男大当婚，女大当嫁，天经地义。"那位刘大姐在李腊梅身后大声补充道。

李腊梅身边的人都知道她和她那青梅竹马的恋人师文才的事情，也听说了师文才已经牺牲的消息，知道李腊梅是重情重义之人，对他依然念念不忘。

但她们仍在尽心尽力"拉郎配"。

李腊梅对与她一起工作的大姐姐们也满含热泪地说过不止一次了，她很动情，也很坚定。

她说："我不相信师文才已经牺牲了，因为一切都是'据说'，说话的人并没有亲眼看到师文才他们的地下党组织被破坏了，也许有朝一日，师文才和他的父母会回到瓦窑堡和我的父母团聚，师文才也会立马到延安的宝塔山下来找我。"

这诗情画意般的叙述，像是一首老歌在那里回荡，痴情到悠悠扬扬，忘乎所以。

但是，正如古人说的，"天有不测风云，人有旦夕祸福"，师文才生死未卜，和李腊梅已经失去了联系，她没有任何线索找寻他。也许师文才正负重从事秘密工作，不能和李腊梅联系；也许在这个世界上，已经没有师文才了。

这些道理，是那些热心给李腊梅"拉郎配"的姐姐们反反复复向她讲的。

男大当婚，女大当嫁，此乃合情合理之事。李腊梅已经到了结婚的年龄，她需要找到自己可以托付终生的人。

江毅平时工作常常可以见到李腊梅，而且李腊梅遇到工作上的一些问题，也需要请教这位留学苏联、当过校长、见多识广的副部长。江毅觉得李腊梅人长得漂亮，性格又好，对工作认真负责，所以心中滋生了非李腊梅不娶的想法。于是，他便不厌其烦地拜托和李腊梅一起工作的那些妇女干部们轮番向李腊梅"轰炸"，不拿下她，誓不罢休。

一来二去的，李腊梅被身边一起工作的刘大姐、马大姐、王大姐和高大姐等所感化，终于能够面对自己的现状了。

在李腊梅看来，她和江毅没有青梅竹马之情，没有共同的学习、生活的经历，也没有和其他恋人一样卿卿我我，更没有"非你不嫁，非你不娶"的信誓旦旦。但是，就李腊梅所知，江毅确实是个不错的同志，也真心待她，愿意和她结为夫妻。于是，她紧闭的心扉在热心人的极力撮合下也渐渐开启。

对她启发最大的，还是最先热心"撮合"她和江毅的那位刘大姐。刘大姐的一番话，李腊梅这一生一世都不会忘记。

刘大姐是这样对她说的："感情上的事情不是可以稀里糊涂将就的。江毅这个人你喜欢不喜欢，你自己最清楚。你的终身大事，应该自己说了算。人不能一辈子活在思念中，活在梦境中，只有活在现实中，才能找到适合同自己肩并肩一起干革命，一起生活的伴侣。"

此话，李腊梅心服口服。"撮合"李腊梅和江毅的姐姐们读懂了李腊梅的心思，知道她愿意接受她们的"撮合"了。

于是，大家开始欢欢喜喜地张罗起来。

4

1938年1月1日，热心肠的那些妇女干部们干脆把李腊梅的被子抱到了江毅的房间里，做了一对红色土布缝制的枕头套，枕头套上还绣上了鸳鸯戏水图案，枕头套里把李腊梅和江毅的衣服整理好塞进去，塞得平平整整的。

她们剪了剪纸，有喜鹊，有花卉，还有大大的"喜"字，把剪纸贴在了江毅的房间里。

接着，她们还拿来了亲手剥了壳，炒熟的花生米，还炒了许多葵花籽、南瓜子，买了苹果、水果糖，泡好了茶，拉来了一些彼此都熟悉的同志们。

大家热热闹闹围坐在一起。他们谈天谈地，既说抗日的形势，也摆各自获得的一些前线的新闻，但都没有忘记向两位新人贺喜。

就这样，这些一心一意，认认真真"拉郎配"的姐姐们速战速决，竟把李腊梅和江毅的婚事在新年伊始促成了。

江毅是个性格开朗的人，工作之余爱打篮球，交际舞也跳得很不错，还会讲笑话，能逗得李腊梅开怀大笑。

江毅为人质朴、宽厚，和同志们相处得十分融洽，对李腊梅更是关心、爱护、宠爱有加。

李腊梅反反复复想了很多遍，是啊，自己曾经有过青梅竹马般的恋人师文才，但他们已经天各一方，人应该学会向前看。

李腊梅和江毅的结合，也得到了李汉明和丁香香的认可。

李汉明和丁香香到延安出差，事情办完，和李腊梅及女婿江毅终于相聚了。

江毅像是与他们早已熟悉，微笑着和他们握着手，他们也是非常欢喜地和江毅使劲地握着手，看得李腊梅一头雾水。

李汉明对女儿说："革命环境是险峻的，你作为共产党的一名妇女干部，需要做的事情还有很多。你需要有一个伴侣，共同搭手干革命，爸爸支持你成家。"

丁香香搂着女儿说："一晃，你已经长大了。你在抗大都毕业了。妈妈觉得，江毅是个好孩子，你和他在一起，走南闯北干革命，抗击侵略者、打鬼子，妈妈对你们十分放心。"

江毅的父母亲都已离世，他没有兄弟姐妹，也没有其他亲戚，孤身一人，所以他对于李腊梅的父亲和母亲，除了佩服和崇敬，还有"一个女婿半个儿"的深切情感。

江毅揽着李腊梅，他们双双在李汉明和丁香香面前毕恭毕敬地鞠了躬。

突然，江毅在李汉明和丁香香面前双膝跪下，十分亲切地叫着："爸爸！妈妈！受儿子一拜！"这一举动，他事先并没有"请示爱妻"，动作迅速到让李腊梅有些惊慌失措。

"这礼数太重了，爸爸知道你是个孝顺孩子。"李汉明道。

"起来！快站起来！"丁香香也连连说道。

接着，李汉明和丁香香一起扶起了江毅。

"爸爸、妈妈，我的父母在我还是孩童时就先后去世了，我是由舅舅和舅妈养大的，他们没有孩子，我如同他们的亲儿子。他们早年就加入了中国共产党，后来又送我去苏联求学。在长征路上，他们都没有走出草地。所以，如今我娶李腊梅为妻，又有了父母，值得我跪拜。"

"好孩子！"李汉明和丁香香齐声说道，他们欢喜得嘴都合不拢，感到非常欣慰。

李腊梅低下头，心里甜滋滋的。

大家都很忙，李腊梅的父母和女儿女婿一起在延安吃了一顿中午饭，啃着白面馍馍，就着白菜粉条炖猪肉，四个人吃得高高兴兴。

那天，太阳即将落山时，一应到延安开会办事的人和李汉明、丁香香一起乘马车离开了延安，两人顺道送走了父母。

当天已经黑透，两人准备就寝时，江毅对李腊梅说了一通激情涌动的体己话。

江毅说："李腊梅，我们的结合得到了你父母的认可，我很高兴。你给了我一个有父母的温暖之家。你的爷爷、奶奶、姥爷、姥姥都是辛亥革命的参与者，你的爸爸、妈妈是在瓦窑堡从事革命工作的老同志，现在又是子长县共产党组织的主要负责人。对于他们的工作和事迹，我不仅早有耳闻，而且还目睹了。所以，我对他们更是崇拜有加。如今，我成了他们的女婿，只感到光荣和骄傲。李腊梅，我要和你携手，把我们认准的人生之路走到底。"

"你是怎么和我父母见的面呢？"

"就在咱俩相识之前，我和我们统战部的两位同志去子长县办事，是你父亲李汉明接待了我们，他是那里党组织的主要负责人，主管统战工作。我们需要查阅有关文件，你妈妈丁香香则是有关方面的主管，没有她的签字和引领，我们休得踏进保密室半步。那时候，我就知道你从延安的抗大毕业以后，会分配到陕甘宁边区妇联工作。"

"原来如此！你居然还藏着这么一份惊人的秘密，在和我相识以后，又被那些姐姐们'拉郎配'，让我们睡到了一盘大炕上，而你呢，却让我对你的

'所作所为'一无所知。我想问一问你，你为什么要对我保密呢？为什么从来没有吐露半个字呢？"

"我需要把这份惊喜埋在肚子里。"

"为什么？"

"这份惊喜不能被发现，我才能拼命追求你，不达目的誓不罢休。这样啊，我就可以天天想着你，再忙、再难、再苦也不会放弃你，直到把你稳稳当当地抱在自己的怀抱里，永远不分开。"

他一边说着，一边把李腊梅搂抱得紧紧的。

5

李腊梅和江毅婚后非常恩爱，工作虽然忙得不可开交，但是日子过得充实幸福。

每当紧张工作之后，两人躺在大炕头，总有说不完的话。

他们讨论任何问题，都是心平气和的。李腊梅和江毅在一起从来不会着急。

李腊梅干事大胆利落，说话快言快语，思维敏捷，反应迅速。她和有些人相处，会用高八度的嘹亮声音大声说话，使得人家似乎不能不服，往往为了一个理论上的问题，和人家争论起来得理不饶人，拍桌子瞪眼，不达目的不罢休。李腊梅的特殊还在于，她和女同志在一起，无论遇到什么事情，都会礼让三分，说话和气，避免争执，如果必须争执才能解决问题，那么她也会心平气和地和人家讲道理。

江毅，一个叱咤风云，乘风破浪，身经百战的男子汉。在李腊梅面前，他谦逊温柔，每当他面对李腊梅的时候，对她的任何问题都是有求必应，从来都不会对李腊梅发脾气，更没有呵斥过李腊梅。

两人确实是一对十分合适又恩爱的夫妻。

6

又是一个全新的阳春四月天。

就在这时，为了加强抗日力量，党中央派出一批年富力强的干部前往国民党统治区，江毅便是其中之一，他奉命回到自己曾经长期工作过的湘南地区，恢复党在这一地区的各级组织，把主力红军长征以后留在湘南的游击队集中起来，经过整编以后送往新四军。

组织上向江毅言明，对外他的身份是"新四军驻湘南通讯处主任"（新四军驻湘南的留守机构，机构设在郴州县城内），对内则是中共湘南特委书记。

江毅对李腊梅说了自己赴湘南的艰巨任务，而且告诉李腊梅："此行可以说是举步维艰，而且时间不等人，改编游击队为新四军，必须要获得国民党的正规装备，过程必然曲折艰难，不是说说而已，要做大量工作。所以我既然领命了，就要坚持到底。"

李腊梅点头称是。

当时，组织上为了照顾他们这一对结婚只有3个月的夫妻，准备让李腊梅交接一下手中的工作和江毅一起走。

但是，李腊梅想来想去，她在陕甘宁边区妇联的工作刚刚开始，许多工作千头万绪，一时还离不开。她把自己的苦衷都告诉了江毅。

江毅理解李腊梅，说道："妇女工作烦琐细碎，你又是个新手，许多事情，需要斟酌处理，否则无法对接手你工作的人有一个满意的交代。"

"谢谢你能理解我。"

江毅用自己的臂膀搂住了爱妻说道："你需要对上级领导作出你的必要陈述。"

李腊梅抿着嘴巴笑了，江毅用修长的手指理了理她鬓角的头发。

于是，李腊梅向领导打了一份申请，陈述了自己缓行的理由，得到了批准。

江毅临走时对李腊梅说："我在湘南等你。"

李腊梅感到温暖和依恋，和丈夫拥抱着告别了。

泉水入海

第六章

团聚湖南

1

几个月以后，武汉情况紧急，李腊梅接到任务：粤汉路快让日本人切断了，必须尽快去湖南支援。

接到任务后，李腊梅马不停蹄地赶往目的地。

一路上，李腊梅按照约定的暗号与接应她的地下党人接头。有时她穿着破衣烂衫，打扮成农村的耄耋老妇，颤颤巍巍拄着拐杖出行，坐过驴车，也坐过人拉的架子车。出了陕西，进入湖南地界，李腊梅又摇身一变成为阔太太，脚蹬高跟皮鞋，身着艳丽旗袍。李腊梅在西安开展工作，经常需要如此打扮自己，所以她轻车熟路。倒是农村的耄耋老妇，她好生下了一番功夫，不断历练，反反复复研究老人佝偻的身形和走路特点。

李腊梅一关一关地过了，最后终于得以和日夜思念的江毅在湖南团聚了。

2

第二天，他们整装待发。

当时，他们面临的斗争环境万分险恶。南方国民党反动派恶势力并没有因为国共两党的再一次合作而改变其对共产党和革命人士的绞杀政策，党组织在这些地方恢复以后，又接二连三地遭到了他们不断破坏。

李腊梅到湖南不久，湖南特委的秘书长就叛变了。她和江毅搬了几次家，昼伏夜行，在崎岖的山路上绕弯，终于成功甩掉了尾追的敌人，有几次还举枪与追兵交锋。李腊梅的枪法很好，还能打双枪，这得益于她在延安抗大的勤学苦练。

一路挥枪，打一阵，走一阵，与他们一起的同志牺牲了好几个。有一名不满20岁的战士为李腊梅挡了子弹，倒在了李腊梅脚下。李腊梅悲痛欲绝，等形势安全后，夫妻俩回来找到了战士的尸体，将其葬在了一个山坡的阳面。在坟堆前，李腊梅抹着眼泪，抱起了一块山石，在江毅和众人的帮衬下，将那块山石立在了那座土坟前。

"这个地方我记住了，以后会回来给他上坟的。"李腊梅虽然没有掉眼泪，但是她悲痛欲绝。

3

接下来，李腊梅常常扮作孕妇出去进行组织联络工作，她这个扮相可以说是最成功的，没有一丝一毫的破绽。

实际上，李腊梅是真的怀孕了。

1939年7月，李腊梅和江毅的第一个儿子在湖南的一间草屋里出生了。

孩子的啼哭声嘹亮，江毅在李腊梅生产的房门外面听到了，乐呵呵的眼睛笑成了一条线。

正当此时，一个下属突然前来通报，他收到消息立刻急急忙忙地走了，一走竟是20多天。

当他回到李腊梅和孩子身边时，李腊梅让他抱了抱儿子，他的胳膊却怎么也搂不住，还整得'小不点儿'蹬着小腿号啕大哭，于是他不得不把儿子又抱给了李腊梅。

这孩儿在母亲的臂膀里，立刻安静了下来。

李腊梅将不哭不闹的小儿子放在了自己的身边，仰起头来注视着亲爱的丈夫，她说："你给儿子起个名字吧。"

江毅亲吻着李腊梅说："你生产时，我在门口听到了婴儿的啼哭声，却无缘看一眼你们母子二人，现在20多天过去了，儿子也快出满月了，我终于见到了你们母子二人了。只是给儿子起名字，这是个大事情，因为这名字也和他是相伴终身的，是万万不可怠慢的。"

"那就依你吧。这小家伙，我们还继续称呼他'小不点儿'？"

"可以，小名就叫'小不点儿'，大名等一等会有的。"

"我们竟然做了爸爸和妈妈。"李腊梅感慨万千。

"是啊！是啊！我们有后代了！"

"将来，也让我们的儿子做你的下属，跟着你干革命。"

"虽然这还是很久远的事情，但是，我相信会有这么一天，不是做我的下属，是做共产党的下属。我们都是共产党员，儿子也会是的。"江毅紧紧地抱着李腊梅亲吻许久。

然而，他们的愉悦和欢欣很快就被恶劣的环境所吞没。

4

这时候，湖南的斗争形势愈发严峻。

国民党顽固派在全国各地掀起了抗日战争时期的第一次反共高潮。先是在1939年6月，湖南平江发生了"平江惨案"，国民党顽固派枪杀了新四军驻湘鄂赣边区通讯处（即中共湘鄂赣边区特委）几乎所有负责人，接着又对江毅领导的新四军湖南通讯处（中共湖南特委）动手了。

8月中旬的一天早上，江毅得到了敌人要来偷袭他们的消息，便立即指挥李腊梅和彭大保同志留下来转移文件、枪支等重要物品并对付敌人，他自己则冒险到分散在城内外的特委机关去布置转移工作。临出门时，他深情地望了一眼自己还未满月的儿子，情急中顾不上说什么。

江毅清楚地知道，此去凶多吉少。

李腊梅会意地冲他点了点头说道："放心，家里有我。"

江毅走后不久，国民党军警便包围了通讯处。

十几个荷枪实弹的军警直冲到楼上通讯处的办公室，逼着李腊梅和彭大保交出江毅，交出所有文件和枪支。

李腊梅和彭大保很平静，他们手头的事情已经全部处理完毕，敌人想要获取到的一切情报，都已经销毁干净了。

敌人楼上楼下翻找了两三个小时，什么也没有翻找出来，就连烧毁纸张的灰烬也没有找到一丁点儿。

最后，军警把抱着孩子的李腊梅和彭大保推搡着赶出了大门，并且查封了通讯处。

李腊梅抱着儿子和彭大保坐在附近的大街上，一动也不动，他们哪里也不敢去，哪里也不能去，因为敌人随时都会跟踪他们。

直到太阳完全落下山，军警才全部撤退。根据他们做秘密工作的经验，得知现在可以行动了，他们才站起身来，利用夜色的掩护，潜行到一位他们都熟悉

泉水入海

的老乡家里。

"许大哥，开开门，我是孩子的舅舅。"彭大保
用暗号敲响了老乡家的门。

"快进来。"被彭大保称为许大哥的人为他们打
开了门。

一位大嫂为他们端来了茶水。

"大嫂，我们那里遇到了些麻烦，孩子不能带在
身边了。"李腊梅也来过这一带，眼前这位大嫂，她
并不感到陌生。

"我见过你。"大嫂伸手接过了婴儿。

孩子此时大声啼哭起米。

"他只是饿了。你们放心，我有奶水。"

"那我们就走了，还有急事要办。"彭大保和许
大哥及那位大嫂打着招呼。

"大嫂，麻烦你了，非常感谢。"李腊梅十分感
激地道谢。

"不要担心，一切有我们。"

于是，他们把孩子暂时托付给了这家人。

收留这个孩子，在当时是很危险的事情。李腊梅
虽然是第一次做母亲，但是带着孩子她无法去找组

织。她没有丝毫犹豫，义无反顾地选择了事业。

他们机智地通过秘密接头点，在同志的掩护下爬上了火车，来到了长沙，通过另一处接头点，找到了省委，和江毅相聚了。

这次转移，在江毅的周密部署和同志们的积极配合下，湖南特委的损失被控制在了一个很小的范围之内。根据湖南省委的决定，湖南特委立即转入地下活动。

不久，中共长江局任命江毅为湖南省委组织部部长，李腊梅则在机关担任一部分机要、秘书等工作。省委机关几易住址，省委组织部曾在湘潭郊区的一个村子里办公。

有时，他们甚至打一枪就要换一个地方。

在江毅和李腊梅工作的地下党机关里，迫于险峻的形势，有许多人不得不扮作假夫妻。

江毅对外是老板身份，李腊梅则是老板娘。

湖南省委组织部机关就设在他们家中，在家里还有一位保姆，实际上是上一级组织为他们派来的一位烈士的母亲，他们称其为杨大姨。杨大姨配合他们的工作，出去采买的时候，负责传递情报，再把秘密交通站的情报带回给他们。

在家中客厅，桌子上放着一副麻将。外面有人来了就假装打牌，没有外人时，他们就在牌桌上开会。

组织部许多文件由李腊梅保管，放在墙缝里。江毅和省委书记高文华单线联系，李腊梅负责把文件送给高文华的妻子贾琏。

在紧张的工作之余，李腊梅和江毅共同期盼着，在条件允许时能把心爱的儿子"小不点儿"接到身边，给"小不点儿"起个让人印象深刻的大名，可当前的形势，不允许两人这样做。

1939年年底到1940年春天，国民党顽固派在全国的反共活动十分猖獗，制造了系列惨案。其间，噩耗传到李腊梅和江毅那里，他们儿子寄养人家所在村庄，遭受了国民党顽固派的武装袭击，那家人无一人幸免。

他们的亲生骨肉，那个还没有起大名的"小不点儿"，就这样离他们而去了。

1940年6月初，江毅和怀有身孕的李腊梅一起来到了桂林八路军办事处。因为江毅作为代表接到党中央的通知，准备和妻子一同前往延安去参加代表大会，需要在桂林八路军办事处等待国民党政府发放通行证，才可以奔赴延安。

要回延安了，他们向往，他们欣喜！

"可以见到爸妈了，我真想他们！"江毅兴奋至极，也思绪万千。

"是啊！不知道二老现在怎么样了。我们已经有近两年没有一点儿他们的消息了。"李腊梅抿着嘴，想到了那个还在襁褓之中就不幸去世的孩子，想到自己正在孕育着的这条小生命。如果能顺利回到延安，也许这个孩子会在姥爷和姥姥的照顾下被抚养成人。

"我们的条件太艰苦了，不停转移，和敌人周旋，还要和那些当了叛徒的人抗争。我们上有老，下有小，只是我们的前途似乎永远是未卜的，形势太险峻。"

江毅紧紧地搂着自己的爱妻。

李腊梅努力地点着头，她没有流眼泪。她把伤感和企盼，想念和仰望都埋藏在了自己心里。

他们一起在桂林的八路军办事处等待了半年多，直到二儿子出生，去延安的通行证却始终没有下来。

两个人把第二个儿子仍然称作"小不点儿"。不知道为什么，江毅对给儿子起名字的事情总是拖拖拉拉的，而李腊梅似乎也无心过问此事。好在，"小不点儿"叫着非常顺口，就如同他们的第一个"小不点儿"又复活了一样，而且一天天长大着。

此时，正值皖南事变爆发前夜，国民党反动派又在全国掀起了新的、规模更大的反共高潮，阻断了他们回延安的路。

江毅和李腊梅不能在桂林八路军办事处继续等待通行证了，接下来的日子是反清缴，保存革命的有生力量，进行艰苦卓绝的游击战争。

当年的 12 月月底，江毅又被任命为中共南方工作委员会（简称"南委"）委员兼闽西特委书记。

接到中央的指示后，他们立即带着儿子，出广西，经湖南，过广东，到福建，南委派人一路接应，穿过敌人众多的哨卡，躲过了敌人一次又一次的盘查，翻山越岭，艰难跋涉，终于在 1941 年年初安全抵达闽西特委的所在地——龙岩。

当时形势十分严峻，闽西特委、县委、区委等党的各级领导机关已经转入地下，而且全部撤出县城转移到附近的山里。

江毅和李腊梅在山里和闽西特委取得了联系。

他们一行人进了山，一路上，孩子不停地哭闹，他们意识到，那响亮的哭声会引来敌人的。

"不能把孩子留在山上，他会坏事的。"年轻的母亲在上山的第二天，就不得不把孩子送下山去。他们藏身的山林就在公路附近，白天不敢用火，不敢发出声响。"小不点儿"被闽西特委组织部派出去的同志送到了龙岩城郊一位老乡家里，这家刚好有一个和"小不点儿"一样大的男孩，为了能在敌人的眼皮子底下保住闽西特委送来的"小不点儿"，这位老乡竟把自己的亲生骨肉送了人。

到闽西不久，李腊梅患上了严重的胃病，后来又患上了夜盲症，天只要黑下来，她什么都看不见。

在夜间转移的时候，江毅紧紧地拉着她的手，十二分小心地呵护她上山、下洼、蹚河、过桥，为她拨开树梢，牵她穿过树林。

瓢泼大雨

第七章

1

由于敌人的严密封锁，切断了江毅一行人同群众的联系，把他们逼到缺乏粮食及其他生活必需品的地步。如果有一点儿米，他们就用蒲草编成蒲包，装上米丢到水里去煮，然后一人分一个蒲包。江毅看到战士们吃不饱，常常把自己的蒲包塞给战士，自己却因为饥一顿饱一顿，得了严重的胃病，曾几次大口吐血，由于没有药物治疗，身体虚弱到了极点。

在没有一点儿粮食的时候，他们就挖竹笋、野菜，采蘑菇、木耳来充饥。但是没有油和盐，看似好吃的东西，却十分难以下咽。所以出山以后，李腊梅就不再吃这些东西了，甚至见到竹笋、木耳和蘑菇，她就反胃。

1941 年 9 月，闽西特委机关在距离龙岩县城大约 15 公里的一个深山沟里暂时安顿了下来。这里三面环山，山势险峻，密林障目，进沟的路口狭窄，易守难攻。这一地形对特委机关的隐蔽十分有利。

当时，闽西特委机关的其他领导人大部分都出去开展工作、宣传中央的指示去了，留在机关的干部只有江毅和李腊梅两个人，加上战士，共二十个人。当时，李腊梅正怀着他们的第三个孩子。

2

9 月 17 日，他们派了两个战士下山去传达闽西特委的指示，其中一个一下山就被民团抓住叛变了，随即带了二百来个敌人偷袭闽西特委机关处。

本来，派出去的人没有按时回来，已经引起了留在机关的人们的警觉。但是，因为那良好的地形，再加上已经放上了双哨，即使敌人来了，身后就是密林，等发现了敌人再转移也是来得及的。谁想敌人是趁着夜色顺着水渠摸上山来的，他们从哨兵的后面绕上了山，竟没有被发现。

就在那一天，江毅在一块小草坪上为战士们做射击的示范动作，突然，隐蔽在附近的敌人在叛徒的指认下向他射击，子弹打中了他的胸口。听到枪响，李腊梅急忙跑了出去，只见江毅胸前鲜血直往外喷，但仍然一面举起驳壳枪向敌人还击，一面指挥战士们突围。这时，他的脚上又中了一枪，倒在了血泊里。待李腊梅跑过去抱住他的时候，他已经永远也站不起来了。

这时，敌人正疯狂向李腊梅扫射，幸亏她平时训练有素，并且在以往的战斗中积累了丰富的作战经验，才能在这场激战中沉着脱身。她忍着巨大的悲痛，从江毅身上取下文件包和驳壳枪，返身钻进了密林与敌人交战。经过 3 小时的努力，19 位同志按照紧急情况下的约定方式集中到一起，除了江毅，一个也不少。

李腊梅含着热泪对同志们说："江毅同志牺牲了。"

大家先是震惊，后来都忍不住流下了眼泪。

李腊梅没有泣不成声，她知道此时此刻自己必须挺住。

她顿了顿，对剩下的同志说道："我们决不能因为江毅同志的牺牲而松懈斗志，为了取得革命斗争的胜利，要继续战斗！"

<h1 style="text-align:center">3</h1>

江毅牺牲七个月以后，李腊梅在杉树皮搭起的简陋茅屋里生下了她和江毅的第三个儿子。

当时，由于闽西特委机关已被敌人洗劫一空，她身边除了从江毅身上取下来的文件包和驳壳枪一无所有。生孩子的时候，山上只有她一个女同志，她不得不自己接生。没有剪刀，临盆前，她用开水将一把砍柴刀煮过算是消了毒，忍着剧烈的疼痛割断了孩子的脐带。

孩子生下来后饿得直哭，哭声越来越微弱，可是她却连一滴奶水都没有。甚至身边任何能吃、能喝的东西都没有。

接着，李腊梅又想到了孩子的父亲江毅，他为革命牺牲了。

李腊梅一阵心酸，晕了过去。她太累了、太痛苦了，撕心裂肺，难过至极。

终于，她清醒过来时，这个娇小的、刚刚出世的孩子，竟没有了呼吸，死在了她的怀抱里。还不到一

泉水入海

年的时间，江毅的尸骨未寒，如今，他们的小儿子又死在了这里。

4

接踵而来的打击，李腊梅终于坚持不住了病倒了。

于是，组织上为了照顾她，把她调到条件稍好一些的广东省大埔县的南委机关去工作。

临走的时候，组织上征求她的意见，问她在龙岩郊区的孩子是继续寄养还是带走，并且说这孩子是烈士的后代，如果留下来，组织上也一定会尽全力照顾好他的。李腊梅当时仍然处于极度的悲痛之中，她想，自己就剩下这么一个孩子了。当时，她和江毅还没有来得及给这个儿子起名字，两个人叫他"小不点儿"，这"小不点儿"是江毅留给自己最好的礼物。

为了寄托对江毅的哀思，李腊梅给儿子起了一个小名叫血儿。血儿是她和江毅用鲜血凝就的这份情与爱；血儿是江毅的血脉和她血脉的交融；血儿就像是江毅牺牲时流出的血，那样殷红、鲜活，永远在她的心头流淌。所以她要把血儿带走，留在自己身边，将来还要把血儿带回延安去。延安是革命的摇篮，也是她和江毅的家，他们是在那里相遇的，开始了他们共同的人生历程。在那里，她的儿子可以交给她的爸爸、妈妈和大姨妈照顾。

后来，一直和李腊梅在一起工作的彭大保，非常贴心地对她说："给这孩子起名叫血儿太惨了，听起来血淋淋的，不如取血字的谐音，按照南方人的习惯，就唤作阿雪吧。"

"好主意，这个还没有来得及起名字的'小不点儿'，就叫江阿雪。"

当时，李腊梅把儿子江阿雪接到身边的想法得到了组织的支持。

在前往南委的路上，李腊梅在约定的地点和儿子的奶妈见面了，两个人都很激动。江阿雪的奶妈流了很多眼泪。李腊梅虽然一滴眼泪也没有掉，但是却悲痛欲绝，这个孩子是江毅留在世界上唯一的血脉，是她和江毅爱的结晶。

李腊梅和江阿雪的奶妈紧紧拥抱在一起。为了保护她的儿子，这位母亲把自己的亲儿子送了人。

"和我们对接的同志说'小不点儿'的父亲已经牺牲了，我们都知道了，所以格外心疼他。"这位母亲对李腊梅这样说。

"为了阿雪能够安全地留在你们家里，你们把自己的儿子给了别人。"李腊梅向这位母亲深深地鞠了一躬。

"这是我们应该做的事情，为了正义事业。"

他们现在彼此已熟悉，李腊梅知道收养江阿雪的人家也是共产党的谍报人员。

5

接过儿子江阿雪之后，李腊梅在同志们的护送下昼伏夜行，穿越了敌人的封锁线，终于平安抵达了目的地——广东省大埔县大埔角镇墩背村。

南委的领导机关就设在大埔角镇，机关的其他部门则分布在大埔角镇周边的村子，墩背村也是其中之一。工作人员都有合法的身份和职业做掩护。

和李腊梅在一起工作的还有南委的秘书长、宣传部部长等人，她和宣传部部长扮作假夫妻。在这里，组织为李腊梅买药治病，她一边工作一边养病，和儿子一起平安地生活了半个年头。

1942年夏天，即将调任南委的人员叛变，使南委机关遭到了敌人的袭击。

叛徒带着敌人先包围了大埔角镇，因为南委书记方方住在那里。领导机关发现敌情后，在群众的掩护下迅速撤离了，但是还没有来得及通知住在墩背村的李腊梅一行人。

那一天，他们的房东——江阿雪的阿婆到大埔角镇去卖柴，发现书记（李腊梅他们对外称方方为大哥，是她的合伙生意人）住的地方被军队包围了，方方开的洋行也被敌人翻得乱七八糟。

于是，江阿雪的阿婆立即跑回来向他们报信："不好了，你们大哥那里被军队包围了。"

事情来得太突然，大家立即开始销毁机密文件，准备撤退。在商量撤退事宜时，首先想到了带不带孩子走的问题，组织上让李腊梅自己决定。当时江阿雪还不满两岁，她深知撤退是不能带孩子的，不但带不出去，还会影响其他人的安全。

时间不允许她有再三的考虑。

"把孩子留下。"李腊梅很果断地做出了决定。

接着，李腊梅对南委秘书长说："我们给孩子留二百元，把他放在姓萧的房东家里好了。你看怎么样？"

和她在一起工作的南委秘书长说："二百元太少

泉水入海

了。"

李腊梅说："只能先这样了，等以后再多给些。因为我们撤退，需要用钱的地方还很多，而经费又太紧张了。"

当时，她对房东说："土匪来了，要敲诈我们，好汉不吃眼前亏，我们得出去躲一躲，孩子先放在你们家，如果我们大难不死，再回来接孩子。"

孩子像是发现大人们要丢下他走了，便抱着妈妈号啕大哭起来，那哭声撕心裂肺。

李腊梅心一狠将儿子交给了房东阿婆。

房东老两口和他们朝夕相处，知道他们是好人，爽快地答应照顾好孩子。

接着，江阿雪的阿公让他的大姐，也就是孩子的大姑婆把孩子先带出村藏起来，他自己则带着李腊梅他们抄小路，翻上了屋后的山梁。

当他们刚刚爬上山顶时，村口的枪声便响了起来。

敌人进村后，拷打群众，逼着他们交出共产党员，交出孩子，因为村里有人告密说共产党员把一个孩子留在了村里，敌人要斩草除根。

大埔县地处广东省的最东边，靠近闽西，群众基础非常好。所以在群众的多方保护下，此次事变没有使南委遭受到太大的损失。对于李腊梅留下的孩子，当地的地下党组织和群众也给予了最大的保护。

事态平息以后，房东萧家老两口，也就是孩子的阿公、阿婆从孩子的大姑婆家里，把孩子接回了村。

一位地下党员萧宵，在地方上很有声望。于是，萧宵拉着他手下的一帮铁哥儿们，找到了那个告密人，警告他说："这个孩子就在我们这儿落脚了，你和你的那帮兄弟绝对不能伤害他。你们可要机灵点，要给自己留条后路，否则让你们吃不了兜着走！"

此后，那个人和他手下的兄弟们不敢再放肆了，除了时不时仍向萧家敲诈勒索一些财物，不敢对眼皮子底下的江阿雪再打什么鬼主意了。

萧宵也常常根据上级的指示，关照着江阿雪。

李腊梅走后便没有了消息，萧家老两口格外疼爱这个孩子，并且把江阿雪的大姑婆也接到自己家中一起过日子。三位老人把江阿雪养得健健康康的。江阿雪聪明可爱，他们倾尽囊中所有，在孩子年满七周岁的时候送他去上学，还依照当地的风俗习惯，给他找了一个童养媳刘阿梅，一起送进了学校念书。

李腊梅哪里会想到，当时和儿子此一别竟是8年。

泉水入海

在这 8 年里，当地的地下党组织一直关怀着这个孩子，并且把孩子的情况想方设法转告李腊梅。

6

从墩背村撤出的李腊梅经受了常人难以想象的磨难。

南委的宣传部部长先李腊梅一两天离开南委机关，遇到了叛徒郭潜后立即被抓了起来，随即也叛变了，这对撤退中的南委机关无疑构成了严重的威胁，尤其对李腊梅而言危险就更大了。他们从墩背村撤出以后，拉开距离警觉地走着。李腊梅是北方人，一说话就容易暴露身份，因而就装作哑巴。当地的老百姓都打赤脚，她也只好光着脚板走石子路。

广东的六月，烈日炎炎，几乎把她烤焦。她光着脚走在滚烫的石子路上，疼痛难耐。走了几天以后，脚底板磨出了血泡，血泡破了，流黄水，肿得不能挨地。

他们到了澄海县委，组织上为李腊梅找了一家医院治脚伤。

"你的皮肤在太阳底下暴晒，已经被晒伤了。我给你开了内服药，你要按时服用，还为你开了外敷的药水，要按时涂抹伤口。另外，还要让护士给你处理一下你脚底板的这些血泡。你不能再顶着毒太阳赶路了，需要歇息，外伤养得差不多了再走路。"老医生不停地摇着头，又十分和气地嘱咐着面前这位病人，这是一位他见过的十分坚强的患者，在自己为她检查伤口时，她虽然疼得直咬牙，却一滴眼泪也没有掉。

李腊梅使劲点着头，站起身来，深深地给老医生鞠了一躬。

陪她一起到医院来看病的澄海县委的胡大哥和另外两个人，小心搀扶着李腊梅去请护士给她挑破脚底板的血泡，再涂上药水包扎好。

在澄海县他们一行人只停留了两天，又匆匆上路了。

现在，李腊梅受伤的脚一步也不能走了，组织上给了她极好的照顾，使她能够乘车行动。来到了揭阳，他们找到了中共潮梅特委，与长江局也取得了联系。

由于国民党在揭阳查户口查得很紧，潮梅特委让李腊梅立即转移到日本人占领的汕头隐蔽。

为了避免暴露，她还要继续装哑巴。

泉水入海

在汕头，她被组织上派去接应的人安顿在自家的一座老房子里藏身。屋里空空荡荡，只有她一个人。好在李腊梅不用走路了，老医生给她开的内服及外敷的药可以继续用，脚伤已明显好转，她大喜过望。苦挨了一个多星期后，终于，南委秘书长通知她去重庆，那里有人接应她回延安。

7

李腊梅在经历了长时间的颠簸后，顺利过了韶关、衡阳、桂林、贵阳等地，来到了重庆八路军办事处。

1943年3月，李腊梅终于回到了延安。

初春的陕北，寒气依旧袭人，干黄的土地都还没有显露嫩嫩的绿色，但是李腊梅一踏上这片土地，就感到了久违的熟悉，感到了大地的深处似乎有一股暖气在升腾着，她真想对着众山川呐喊上一声："我回来了！"

李腊梅回到了延安，住进了组织部的招待所。

李汉明和丁香香在延安参加一个会议，也住在这里，会议中午刚刚结束，他们就接到了有关方面传递的信息，李腊梅和其他人坐卡车已经过了甘泉县城，正在往招待所赶，他们老两口急匆匆扒拉了两口饭，就在中组部招待所的大厅里来回踱着步子，焦急地等着见李腊梅。

下午两点多钟，李腊梅风尘仆仆地踏进了招待所，李汉明和齐香香迎上前来。

"让妈妈好好看看你，看看你！"丁香香双手搭在李腊梅的双肩上，抚摸着她的脸。

李腊梅痴痴地望着父母亲，五年！自己一走已经五年了！

"咋？你怎么没有放开声音大声叫我们？"李汉明奇怪地注视着只张嘴，不说话的女儿。

"爸爸！妈妈！"

"哎！哎！哎！"李汉明激动地答应着。

丁香香在旁边一直流眼泪。

"爸爸，妈妈，我走过了韶关、衡阳、桂林、贵阳等地，又经过了重庆的八路军办事处，今天总算回到了延安。女儿我一路上都在装哑巴。"

"什么？哑巴？为什么要装哑巴？"丁香香吃惊地问道。

"为了蒙混过关。因为我要装成地地道道的南方人赶路,但是一张嘴,北方口音就会露馅。"

李腊梅哑着声音,眼泪涌出了眼眶。她有太多的苦衷,太多的话语,太多的情感,要一吐为快。

"江毅他这次没有回延安?"妈妈问道,她和李汉明只知道女儿一个人回延安了,对于其他事情则一概不知。

李腊梅卡了壳,不说话了,李汉明和丁香香也愣住了,他们在等待女儿开口说话。

终于,女儿对他们说道:"爸爸、妈妈,江毅他牺牲了!"

李汉明和丁香香愣在原地,过了好一阵子了,还没有缓过神来。

"我只身回到了延安,见到了你们。我和江毅在南方生下了三个儿子。"李腊梅把此话说完,没有再掉一滴眼泪。

"儿子,三个儿子,我们的三个外孙,他们都在哪里?"丁香香听明白了,女儿生了三个儿子,她和李汉明有了三个外孙。

"是的,你们曾经有过三个外孙。"

"曾经有过，为什么是曾经有过？"丁香香继续追问。

"你们的大外孙被国民党的反共顽固派杀害了，小外孙死在了我的怀里，是我自己给自己接的生，他刚刚出世，哭了几声就死了。在他死之前的几个月，江毅被叛徒带领的国民党顽固派武装杀害，他也死在了我的怀里，他的血流了我一身。"

说完，李腊梅和父母相视无言，许久，许久。

"你们还有一个排行老二的外孙，他的名字叫江阿雪，莫怪我不能把他带回延安，我所处的环境太险恶，只能把他留在广东省大埔县大埔角镇墩背村。总有一天，我会把江阿雪接回延安的家，让他在你们的膝下长大成人。"

两位老人眼含热泪，使劲儿点着头。

李腊梅紧紧抱住自己的父亲和母亲。似乎在他们面前，她永远是个长不大的孩子。

李汉明和丁香香匆匆见了李腊梅一面，就急忙赶回瓦窑堡了，在那里还有许多事情等着他们去处理。

回到延安的李腊梅住进了中央组织部的招待所，接受组织上对他们来自国统区人员的审查。

在这期间，接受审查的人，因为不能离开中组部招待所，所以就需要为他们购买生活日用品。

为此组织上让李腊梅当合作社主任。

这样，李腊梅就可以由招待所的干部陪伴，到街上去进货了。进的货都是一些生活必需品，包括牙膏、牙刷、毛巾、手绢、袜子等。

从 1943 年年底到 1945 年 5 月，李腊梅又到中央党校参加了学习。

李腊梅觉得自己通过了组织对她的审查，她的学习生活结束了，算彻底回归延安了。

回归延安

第八章

1

延安党校的学习结束后，李腊梅担任了陕甘宁边区妇联副主任兼陕甘宁边区妇女生产合作社主任。

陕甘宁边区妇女生产合作社的任务是提供原料、工具和推销产品，帮助陕甘宁边区的妇女发展生产，同时，也为妇女、儿童提供日常生活用品。这个合作社是一个股份合作制企业，受边区妇联领导和边区财政厅资助。合作社的股金主要是从延安的各机关、学校的干部学员以及延安的老百姓和商店募集来的闲散资金，其中大部分来自机关干部和学员的个人资金，是他们省吃俭用积攒下来的辛苦钱。

1943 年 6 月，合作社在延安的新市场正式开业。

合作社开业的第一个月就有 2300 余人到合作社来

泉水入海

领活计，各地区纷纷派人到合作社接洽生产。

2

1944 年，是合作社最兴盛的一年，工作人员达五六十人，合作社下设生产部、缝纫部、过载行、妇幼卫生部（给延安妇女群众接生、宣传卫生常识）、骡马店、食品部和门市部等，并在延安的新市场盖起了一座二层的营业楼，经营半年便盈利了。

合作社按期分红，这样就吸引了越来越多的社员入股，到 1944 年 8 月，合作社已拥有 4800 多名社员，股金总额再创新高。

合作社在发展公益事业方面也起了很大作用，例如为妇女办识字班，举办小型助产训练班，为孕妇接生等。除此以外，还低利息发放贷款，帮助社员解决疾病、婚丧急事及生产资金周转等困难。

1944 年 9 月，妇女生产合作社召开了第二次社员代表大会，决定了妇女生产合作社今后业务方针为发展生产、供销、公益三个方面；尤其是在生产方面，为了响应政府布匹自给政策，将生产中心由纺毛、织毛转到妇女纺纱织布，由面向妇女干部转向面向广大农村妇女。代表大会召开以后，妇女生产合作社的干部纷纷下乡，组织妇女纺棉线，将收来的棉线供被服厂使用。

妇女生产合作社的产品越做越漂亮，事业兴旺发达，成为边区妇女运动的一个闪光点。

然而，在日本投降，举国欢腾之时，陕甘宁边区妇女生产合作社却陷入了泥潭。

随即而来的是陕甘宁边区的几万名干部被分配到了前方和国统区去工作，为此，各个部门也忙得不亦乐乎。

"李腊梅主任，新官上任三把火啊，你顺应抗日战争胜利之势，多支持我们这些即将分赴国统区工作的同志们的需要，带上投入到合作社的股金，到新的地方，助我们一臂之力怎么样？"这是明事理的人，和颜悦色，向李腊梅提出了退股要求。

但是也有些胡搅蛮缠之辈，他们把李腊梅团团围住，拍桌子瞪眼，几个人跟着一起到合作社来找李腊梅，吵着、闹着，甚至跺着脚，跳着、叫着，要求退股。

"我们要退股！退股！退股！"

"能不能退股，给个痛快话！"

此时的李腊梅心里跟明镜似的，要是让这些人抽走了资金，合作社就得垮了。

当时，日本投降，物价大幅度下跌，群众的购买力大大下降，陕甘宁边区妇女生产合作社受到了很大的冲击，再加上合作社的管理也出现了一些问题，经营活动遇到了许多困难，形势急转直下。

不赚钱光赔钱，眼见着没有了红利，退社退股的人数一再激增。

李腊梅历来是不怕事的人，但是今天遇到的这一棘手之事，让她感到力不从心。

李腊梅为稳定大家的情绪，对合作社员工一板一眼地分析道："抗日战争胜利了，这是一个历史拐点，有许多问题是我们过去没有遇到过的。那些离开延安上前线去国统区工作的同志们要退股，我们能理解。但是大家都退股，合作社就会倒闭。我们绝对不能听天由命，这不是共产党人的作风。"

合作社员工表示赞同。这个在湘南大山里几进几出，躲避了敌人的追击，把红军游击队的干部战士们从艰难险阻中组织起来，经历过生死的主任说得很有道理，所以跟着李腊梅主任好好干，合作社的春天会到的。

3

接着，又来了一拨急了眼的人，动静闹得更大了。

他们气势汹汹，摩拳擦掌，拍着胸脯喊着要退股。

李腊梅耐着性子，非常冷静地对这些人说："你们要退股可以，但是过去的一百块钱，现在恐怕连一块钱也退不出去了。这钱留在合作社里，还可以救急……"

她的话被那些硬要退股的人们打断了，还有人吼道："废话少说！"他们在李腊梅的办公室里，掀翻了凳子，准备来硬的。

但是李腊梅吃软不吃硬，倔脾气一下就上来了。

她吼道："你们一群人蛮不讲理，合作社的钱又没有谁贪污了，是形势变化了，你们不能只想要好处。"

这帮人闹到最后，膀大腰圆领头闹事的何谷峰，带着手下几名兄弟，干脆砸了合作社主任李腊梅的办公桌。

何谷峰甚至还冲李腊梅疯狂地吼叫着："让你这个社长也见识见识我们哥几个的厉害！你不是不让我们退股吗？那我们就让你没有地方办公。"

"深山老林里拼命，举双枪射击我也干过，你们和我拼个试一试，还不知道谁是谁的对手，我这个人还不知道什么叫害怕！"

李腊梅的一番话，让那几个人顿时没了刚才的嚣张气焰。

于是，他们夹着李腊梅的被子灰溜溜地走了，来时雄赳赳气昂昂，走时颇有些落荒而逃的窘态。

面对紧急情况的合作社主任李腊梅，没有服输，没有屈服，但是合作社正常的工作也被这帮人干扰得一塌糊涂，经营活动当时也几乎完全停顿了下来。

李腊梅虽然没有掉一滴眼泪，但是她心里真的难受。

她强烈地感觉到，她和合作社的处境简直太难了。

4

李腊梅刚刚上任就遇到棘手的问题，于是边区财委主任贾拓夫把李腊梅找去谈话，和她一起分析了情况，给她出了个主意说："实在不行，你就宣布破产吧，既然破产了，许多问题就会好处理一些。"

但是李腊梅想，宣布破产，自己固然可以从困境中解脱出来，社员们的利益却将遭受更大的损失，合作社的声誉也会因此被毁坏。

李腊梅对这个问题想过，但她决心走下去，不撞南墙不回头。

李腊梅对贾拓夫说："我当了合作社主任身上就有责任，合作社不能说破产就破产，我要想办法扭转局面，努力组织生产。"

她的话说得很干脆，贾拓夫望着她，赞许她的奋斗精神。

他说："你有这个态度就好，我们支持你的工作。"

贾拓夫铿锵有力的声音，无疑对李腊梅的这种态度表示了极大的支持和肯定。

有了贾拓夫的支持，李腊梅也有了底气。她对合作社进行了整顿，调整了职能，加强了管理，还组织人到各个单位去做工作，写了材料送达到有关单位，并且四处张贴，那材料白纸黑字，明明白白地写道：

股东同志们，现在我们陕甘宁边区妇女生产合作社因为面对抗日战争胜利以后出现的新情况和新问题，影响了正常的生产经营，资金周转出现了困难，

泉水入海

退不出你们的股金。现在我们力主妥善解决问题，进行有效经营，保证半年以后扭转局面，敬请大家谅解。希望大家到了新的工作岗位后，写信把你们的新地址告诉我们，一旦我们扭亏为盈，一定将股金和红利一并给你们寄去。

上级领导也派人帮助他们做了许多工作，使那些股东们逐渐冷静了下来。一些耍过混，做了无理之事的人，还向李腊梅当面道歉，其中就包括何谷峰。

何谷峰非常不好意思地低下头，诚心诚意地向李腊梅说："我因为感情用事，不顾新形势下合作社的实际情况，我行我素，执意要求退股，蛮横不讲理，损害了合作社的名誉，干扰了你的正常工作，特意向你当面检讨。"

和他一同来的那几个兄弟，站起身来纷纷向李腊梅道歉。

李腊梅也站起身，请他们坐下说话。

她深明大义地说："你们马上就要到前线去了，我能够理解你们，今天在这里权当给诸位送行。我不计前嫌，过去了的事情我们都不要再提了，我当时对你们说话的态度也不好，希望你们能够理解和原谅，你们都是领军打仗之人，我知道你们一定会继续发扬战场上冲锋向前的精神。"

何谷峰说："谢谢主任鼓励，我们一定努力工作。"

李腊梅在招手和这些人告别之时，有一种依依惜别之感。

随后，合作社的许多股东们陆续离开了延安，奔赴前线和国统区去开展工作，退股的风波也逐渐平息了。

此后，李腊梅一心一意抓生产。她坚信只有合作社的生产上去了，局面才能根本扭转。

5

李腊梅连说带干，与周围的同志们紧密团结，深入到各个生产、营销部门，深入到生产第一线检查工作。

她向懂行的人请教，与老百姓一起打得火热。

李腊梅手下有几个自认为懂得不少的年轻人，问过她："主任，你总说有问题就去问老百姓，可是我们觉得，他们大字不识一个，有的人一辈子都没有出过陕北的大山，他们能知道些什么呢？"

李腊梅心平气和地开导他们说："因为老百姓是最清楚市场行情的，换句话说，市场需要的是哪些生活日用品，前几年是怎么个情况，现如今又是怎么个情况，他们才是最有发言权的。比如，老年人喜欢不染色的羊毛袜，而年轻人喜欢染了颜色的羊毛袜。染料如今在不断更新，他们喜欢的是哪一款染料？还有婆姨们用丝线纳鞋垫，家里如果没有线，喜欢去买哪一款线？这些就要去问问老百姓了。"

　　"是的，主任，你说得对。不找人民群众了解需求，那就如同与少数人去探讨大众的生活，岂不是白费工夫。"他们在李腊梅的启发下，茅塞顿开。

　　"我想表达的就是这么一个道理。"李腊梅对大家的一番话感到很欣慰。

　　于是，李腊梅通过和她手下的工作人员们一起探讨问题，逐渐习惯了向老百姓了解行情。

　　最终经过大家的不懈努力，把边区的土特产销售到了国统区，并且组织人把陕甘宁边区最急需的物资从国统区运进了陕甘宁边区，以解老百姓的燃眉之急。

　　对于陕甘宁边区的土特产贸易，她的父亲李汉明是个行家里手，当年他起家就做的是陕甘宁边区的土特产贸易，如今仍然干的是老本行。

关键时刻，她的父母来到了延安。

自从李腊梅到延安进了抗日军政大学，毕业后工作、结婚……这么多年，一次也没有回过瓦窑堡的家。

在瓦窑堡家里，李腊梅留有太多的回忆。师文才一家住过的那孔窑洞，一切摆设照旧，窑洞里还留有两人小时候玩过的玩具，有他们一起读过的书，还有一起用过的笔墨砚台，以及他们幼稚的毛笔字和图画作品，李汉明、丁香香和李兰花常常会去清扫那窑洞，看一看那里摆放的一切。

现如今李腊梅的父母和大姨妈三口人在一起生活得很充实。

刘桃花如今在八路军部队的一所野战医院里当政委，丈夫何勋则是八路军战功赫赫的师长。

这次李腊梅从南方虽历经千难万险，依然没有回瓦窑堡，她回到了延安，要在这里扎根。但是在延安也有着她无尽的思念。

当年她和江毅曾经在一起居住过的地方，她没有再去看过一眼。如果出门办事必须路过曾经住过的那条街，她会绕道而行。

李腊梅的父母懂女儿在感情上的执着和专一，她和师文才青梅竹马，和江毅的伉俪情深。

这一次，李腊梅作为陕甘宁边区妇女生产合作社的主任，刚刚上任不久，就使合作社扭亏为盈，不禁让很多人对她刮目相看。

6

李腊梅如今全部身心投入到妇女生产合作社里去了。她带着合作社员工，深入到生产第一线，亲自动手实际操作。

李腊梅的手磨得粗糙不说，还染上了斑斑点点的颜料，洗也洗不掉。但是合作社的人们脸上笑容多了，因为大家的日子一天天好起来了。

根据需要，李腊梅还和那些营销商们聚在一起，共同商量产品销路。

功夫不负有心人，1945 年年底，合作社的生产得到了恢复，扭亏为盈了。

李腊梅的上级领导夸奖她：“你行啊，巾帼不让须眉，厉害！”

她回答：“实践出真知，一切都是走群众路线走出来的。"

在工作总结大会上，李腊梅夸奖了陕甘宁边区妇女生产合作社的全体工作人员。

大家得出了一个结论："跟着李腊梅主任干活，痛快！"

泉水入海

第九章　忌日成婚

1

就在这时，李腊梅经人介绍，认识了一个叫姜力的人。

实际上，他和江毅结婚后听说过这个名字，两人是湖南老乡，也一起经历过二万五千里长征。李腊梅当时对江毅说的姜力没有太上心，却对姜力的"姜"和江毅的"江"这两个姓竟是谐音有兴趣，于是就记住了这个名字。

也许是天意，不想让李腊梅心力憔悴，一个人扛着痛苦继续赶路。

抗日战争胜利以后，姜力被组织解救出狱，回到了延安。李腊梅在延安第一次见到了姜力。

当年给她"拉郎配"的刘大姐和马大姐仍然在妇

联工作，她们两个人和李腊梅谈了不止一次，告诉她应该结束一个人的生活了，眼前这个姜力就是一个不错的人选。

李腊梅当时的心思并未在此事上，所以她在两位大姐面前只是笑了笑，没有什么回应。

一天，刘大姐把李腊梅邀请到自己家中吃饭，刘大姐擀的面条很合李腊梅的口味。

她们很爽快地吃完了面条，刘大姐拉着李腊梅的手说了起来："几次话到嘴边，我又咽了回去，今天就我们两个人，我就不管三七二十一了，和你说痛快吧。我和你朱霖大哥都挺看好姜力，他和江毅是同乡，早年参加过北伐战争，后来又参加了秋收起义，和江毅一样，也参加了二万五千里长征。长征队伍到达延安以后，姜力曾经在中央社会部做保卫工作，因为吐血，组织上把他送到苏联去治病，江毅和朱霖大哥一起为他送行。姜力在苏联病愈之后，党中央就送他进了苏联的东方大学学习。"

李腊梅笑了笑说："刘大姐，听你这么一说，看来这姜力和江毅还有相似之处呢，两个人都在苏联待过。"

"是啊！1941年姜力学成回国，在中共驻新疆办事处临时帮助工作，准备返回延安时，盛世才叛变，他被捕后关押在新疆整整 4 个年头。"

"1941 年 9 月 21 日，姜力被关进了新疆的大牢，而那一天，是江毅牺牲的日子。"李腊梅脱口而出，之后，泪如雨下。

刘大姐也顿时语塞，热泪盈眶。

过了好一会儿，刘大姐为李腊梅用一条洗脸毛巾擦拭了脸颊上的泪水。她接着把没有说完的话说了下去，"抗战胜利以后，经党中央营救，姜力才获释，得以回到延安，在接受组织的审查之后，被安排到保安处工作。他早年因为和江毅认识，也有过来往，所以听说江毅牺牲了，他非常难过。姜力知道你是江毅的妻子，曾经非常伤感，我们想把你介绍给他，他怕你不接受，常常故意躲着你。"

"刘大姐，你这么一说，我倒想起来了。一次姜力从我身边走过，我只顾低着头走路，因为正在烦恼合作社的事，并没有注意到姜力，还踩了他的脚。刘大姐，我知道你的好意，但还是先等等再说吧。"

2

李腊梅忙妇联的工作，忙妇女生产合作社的工作，几乎忙到了脚不沾地的分上，根本没有属于自己的时间。

也许她心里还放不下江毅，两人还有儿子江阿雪，所以给江阿雪找继父的事，需要慎重再慎重。

一天下了班，刘大姐请李腊梅到他们家去吃饺子。

"我正在为晚饭发愁，这可太好了。"

"是啊，你一个人吃饭又孤单、又麻烦。"

"所以就去你们家吃。"

"我们家人多，吃饭会更香。"

"你们家两个人，还算人多？"李腊梅有点疑惑。

当李腊梅进去时，一眼就看见了姜力正和朱霖大哥聊得火热，他见到了李腊梅，好生诧异，李腊梅也瞪大了眼睛，她觉得刘大姐像是故意安排的饺子宴，想让她和姜力接触了解。

"我们包饺子请你们两个人不是白请的，你得来擀饺子皮。饺子宴尽管寒酸一点儿，毕竟也是宴席呀，白面团里面包的是韭菜和猪肉，我还为你们拌了老醋木耳、黄瓜丝，油酥花生米。"

"朱霖大哥，我不吃木耳。"李腊梅突然说道。

顿时，气氛有点尴尬。

"李腊梅，不好意思，我听刘大姐说过，你和江毅在山里没有盐吃，你们……"朱霖道。

"我也忘记了，朱霖你这个马大哈，什么都记不住！"

"刘大姐，不要怪朱霖大哥，是我欠考虑了，老醋拌木耳是你们三个人喜欢的菜肴。"

"还是李腊梅会体贴人。"朱霖抡起了一个小擀杖。

"好了，擀饺子皮的活儿，还是我来吧。"

接着，姜力就熟练地擀起了饺子皮。

他们三个人一起忙不迭地包着。

"你不是湖南人吗？怎么擀饺子皮还那么利落，那么熟练？"这话，李腊梅似乎以前也问过江毅。

"我以前在部队，春节会下厨房包饺子，所以也就学会了。"

他们 4 个人吃了 100 多个饺子，吃得饱饱的，饭后李腊梅和姜力因为住的方向相同，就顺道一起回家了。

刘大姐和朱霖大哥这顿饺子还真的是没有白请，李腊梅和姜力这顿饺子也没有白吃。

　　人世间许多事，就是这样在不知不觉中碰撞着、交流着、磨合着……

　　于是，李腊梅和姜力在各种"巧合"中，见了一面又一面，约了一次又一次。

　　李腊梅和姜力见面见得多了，互相了解得也多了，对对方也渐渐有了好感。

　　李腊梅常常想，这个姜力和江毅一样，是一个很不错的同志，并且和江毅有那么多的共同之处，这难道是某种巧合？他也是那样厚道，那样朴实，和他在一起，她觉得自己会幸福。

　　李汉明和丁香香知道女儿有了恋人，一起到延安来了一趟，李腊梅的兰花大姨也一起来了。三位老人和李腊梅、姜力一起吃了一顿饭，李腊梅点了她从小就喜欢吃的牛肉面，那面条是用长长的大擀面杖擀成的，又筋道又有嚼头。

　　"姜力这个南方人，确实已经被我们北方人给同化了，爸爸、妈妈、兰花大姨，你们说是不是呀？"

　　"我就是被北方人同化了的南方人，这么多年了，我如果不被北方人同化，岂不是得被活活饿死

泉水入海

呀！"

"姜力，你此话有理。"李汉明乐滋滋地说。

"那么，继续同化。这就是你这个南方人和北方人一起生活的'下场'！"李腊梅和姜力耳语，姜力乐得嘴巴都合不拢了。

这顿饭后，李腊梅不需要打持久战了。嫁给姜力，父母和兰花大姨都欢喜。

3

1946 年 9 月 21 日，李腊梅和姜力结婚了。

参加他们婚宴的有一百三十多人，大部分是从新疆回来的干部，他们在凤凰山吃了饭，尽情地跳舞。

这一天，新娘李腊梅和新郎姜力在一起跳舞，他们优雅、浪漫的舞姿，使得出席他们婚宴的人们大开眼界。因为很多从新疆回来的干部是第一次见到李腊梅的舞姿。

"亚克西！亚克西！"一位新疆籍的干部，小姜力五岁，如今还是单身。他紧随这对新婚夫妇，迈着娴熟的舞步，羡慕姜力能够找到如此美丽的新娘。

夜已深，凤凰山的舞会还在继续，歌舞升平，人们的激情仍然涌动着。

这时，一对男女出现在两人视野，这是他们合作社一位下属在和自己的未婚夫一起跳着交谊舞，未婚夫也很风流倜傥。

姑娘说："今天是9月21日，幸亏我手里的活儿提前两天干完了，如果23号才能从瓦窑堡赶回延安，我怎么能和你到舞场上来呢？今天真是大开了眼界！你看看我们李腊梅主任多美啊，姜力处长多帅啊！"两个人都旋转着、欢笑着。

突然，李腊梅推托有事情要办，和姜力耳语了几声，放开了她的新郎，匆匆离开了凤凰山。新娘一走，如同舞会的主角谢幕，人们也变得兴致缺缺，反正已经夜深了，所以不大一会儿舞会也就收场了。新郎姜力和他的新疆同志们又开始喝着茶水，谈天说地。谁都知道李腊梅这个边区妇女生产合作社主任太忙了，但是又有谁知道她突然想到的是什么呢？

"今天是9月21日"，这一句话惊醒了李腊梅。

1946年9月21日，是江毅牺牲5周年的忌日啊！李腊梅一遍一遍重锤般敲打着自己的胸口：我怎么能够选择在江毅的忌日完婚呢？我好糊涂呀！我怎么能够只记得这周六和姜力结婚，就没有再去关注这周六是几月几号呢？

李腊梅当时非常难过，又不便对姜力说什么，所以只推说自己有一件急切之事忘记处理了。

李腊梅奔出舞场后，真想大声吼叫。

婚期定下来的时候李腊梅正忙得不可开交，所以不曾注意周六竟然是 9 月 21 日。她和姜力的婚礼热闹非凡，两人在舞场尽兴起舞，大出风头。

她狂奔回合作社新市场的办公室，一头扎进了那一大堆干不完的工作之中，逼迫自己只想工作，不想其他，干到东方发白吧！好在保安处在凤凰山，合作社在新市场，二者之间有一段距离。她固然可以用工作忙做托词逃出喜庆的舞场，但是她不能欺骗自己，必须控制住自己的感情，调整自己的心态。

第二天是星期天，天已经大亮了。

姜力来到妻子的办公室，推开门，看到自己的新娘竟然趴在办公桌上睡着了。

他轻轻地走了进来，把装着白馒头和咸鸡蛋的小饭盒放到了她的办公桌上，正要撤退，李腊梅醒了，直起了腰。

"我把你吵醒了？"

"姜力，你昨天一个人回我们的新房睡觉，委屈你了。"

　　"我派出去打探消息的人说了，你在办公室里，新婚之夜还要忙工作，辛苦你了。"

　　"真有你的，还派人打探消息。"

　　"这是必须的，知道你在做什么，我才能知道自己该干什么。"

　　"你也在忙你的事情？"

　　"是啊！我和新疆回来的那些兄弟们，聊到了后半夜。"

　　"你在哪里过的夜？"

　　"我在保卫处我办公室里的那张单人床上，睡到了天亮。"

　　"我们都忠于职守，没有离开自己的办公室。"

　　"是啊！是啊！我在向李腊梅同志学习。"

　　"你知道我的心思吗？"李腊梅问。

　　姜力愣了一下，反问："什么心思？"

　　"姜力，今天是几月几日？"

　　对方沉思的时间这次略微长了些，接着缓慢说道："今天是 9 月 22 日。"

"那么，昨天是几月几日？"

"9月21日。"姜力回过了神，他呆呆地注视着他的妻子，是啊，自己怎么能这么马虎呢？

"我不怪你，是我没有把日子计算好，只记得星期六的晚上，婚礼选择这个日子，机关里的大部分同志能够如约出席。"

"江毅的忌日，我们却举办了婚礼，还一起跳交谊舞，满场风风光光。"

"李腊梅，你能原谅我吗？"姜力诚恳说道。

"我们什么都不说了，一切都过去了，我们的婚礼很圆满，我爱你。"

"我也爱你，爱你到永远。"

姜力张开了有力的臂膀，李腊梅扑进了他的怀抱。

4

结婚十来天以后，姜力就随他的部队到陇东去了，之后又调回陕甘宁边区联防司令部。

李腊梅领导的合作社也进入了扭亏为盈的发展时期，一直坚持到1947年初，合作社将全部物资转移到了山西碛口。

李腊梅和陕甘宁边区妇女生产合作社的有关人员一起为转移合作社的物资，奔赴山西碛口。当她把合作社的物资安排好返回陕北时，已经有了8个多月的身孕。

她这一回坐在马车上，被同志们连夜送回了瓦窑堡的家。

当东方发白时，李汉明打开了被人敲响的院门，看到女儿他十分惊讶。他把送李腊梅回家的三位同志邀请到家里，安排他们先歇息，丁香香和李兰花则把李腊梅搀扶到她的那孔大窑洞里，让她躺在熟悉的大炕上。

"都快要生了，才回家。"

"大姨妈，我等着你为我接生啊！"

李兰花用一块毛巾擦拭着李腊梅满是灰尘的脏脸。

"你都要生了，我们却一无所知。"

李腊梅笑眯眯地说道："大姨妈，我知道你想我了，紧赶慢赶，终于到家了。"

"还好你没有生在半路上，不然你该怎么办？"

"是啊，紧赶慢赶，还好平安到家了。"

"你啊！让我说你什么好！"

"家里有吃有喝、有人照顾，有了病还有你大姨妈这位医生能医治，生孩子的条件得天独厚，你就安心在家里待着。"丁香香说出了自己的心里话。

　　"你们又多了一个外孙，该有多幸福！你们希望我生个男娃娃呢，还是女娃娃？"

　　"只要你生的，他们都会当成宝。你这颠簸一路，让我先检查一下你这肚子里怀的娃娃胎位正不正，再用听诊器听听你的胎声。"李兰花边说边拿起听诊器走过来。

　　"大姨妈，听诊器挂在你的脖子上，真是洋为中用了。"

　　"胎心不错，跳得很有力量。"李兰花开始收拾听诊器了。

　　李汉明马上说道："男娃娃、女娃娃都好。"

　　丁香香接着道："我们已经有了一个外孙子江阿雪了，他是1940年6月20号出生的，今年7岁了，应该上小学了，我们总有一天要把他接回家。妈妈倒是想让你生个女娃娃，一儿一女凑个好字。"

　　"妈妈，那就希望我生个女儿吧。"

　　"咱们这次得到瓦窑堡那家美国医生安德鲁开的

私人诊所去生孩子。你的胎位不正，我接生会有危险。我虽然看过一些妇科医学方面的书籍，但我毕竟没有进过医学院的大门，要是遇到严重问题，不能给你进行剖宫产手术。现在医学条件好了，安德鲁医生带着他的中国女学生安娜在瓦窑堡开的诊所，能做剖宫产手术，我上次就把一个胎位不正的阿姨送到了那个诊所，结果大人和娃娃都平安。你这次也到那里去生产，我们也安心些。"

"大姨妈，这事你说了算。"

实际上，自从这位美国老医生安德鲁在瓦窑堡开了西医诊所，李兰花就常常去那里，请教了安德鲁许多妇科学、外科学和内科学问题。她对于西医的了解以及所掌握的医学知识，让这位美国外科老医生安德鲁十分震惊。

如今，李兰花在瓦窑堡还培养了几位接生婆，她接生、看病的名声也越来越大了。

对于这一切，丁香香和李汉明在延安和李腊梅絮叨了不止一次，这也使得李腊梅对自己的大姨妈佩服之极。所以这一次李兰花让她去安德鲁的西医诊所接受剖宫产手术，她自然同意。

5

第二天中午，一行人吃过饭后准备休息片刻再出发。

当太阳落山以后，李腊梅睡醒了。她从炕上起身时，突然感觉不对，肚子开始剧烈地疼痛起来。

"大姨妈，我肚子痛。"

李兰花立马喊叫起来："李汉明、丁香香，我们快送李腊梅去诊所！"

于是，李腊梅被大家用大马车送进了瓦窑堡的西医诊所。

安德鲁和安娜在诊所的手术室忙着为李腊梅接生。

几个钟头过去了，却还没有动静。

手术室门外的人们焦急万分。

突然雷声大作，一道闪电划破了长空，瓦窑堡下起了瓢泼大雨。

几乎在同一时间，手术室里一个婴儿的啼哭声响了起来。

李腊梅此时也从昏迷中清醒了过来。

"我的娃娃在瓢泼大雨中出生了！江毅，难道是你在天上助我这一臂之力？"李腊梅激动万分，自言自语道。

此时，是9月21日凌晨两点。

整整6个钟头，李腊梅在瓦窑堡的西医诊所，接受了安德鲁和安娜为她施行的剖宫产手术，顺利生产。

安德鲁穿着整齐的手术服，从手术室里缓步走出，摘下口罩，对李腊梅的父母和李兰花说："产妇的胎位不正，是横位，她是经产妇，之前生孩子子宫受过重创，手术中大出血，手术有一定的困难。但她的小女儿仍顺利出生了，体重2600克，身长46公分。只是产妇的子宫虽然经过了我们的精心修复，但是，她以后不能再生育了，对此我深表遗憾。"

安娜小心翼翼地把娇小的女娃娃递给了丁香香，当姥姥的人把这个小家伙接了过来，抱在自己的怀抱里。李汉明凑过来美美地看了个够，只是不敢碰这小家伙一指头，哪怕是轻轻的一指头。

"这个娃娃，我们等姜力为她起名字吧。"躺在诊所病床上的李腊梅用十分虚弱的声音，一字一句地对她的父母和大姨妈说道。

"好！"老人们齐声应答。

于是，李腊梅身边所有的人都把这个小婴儿暂时称作"小不点儿"。

没过几天，等李腊梅身体好转后，其他同志们也离开瓦窑堡回延安了。

告慰江毅

1

10月9日，姜力来到了瓦窑堡，见到了仍然十分虚弱的李腊梅和他的女儿"小不点儿"。

李腊梅的身体再一次受到了重创，而且生下孩子以后连一滴奶水也没有。这个"小不点儿"倒是一天也没有饿着，她有充足的羊奶吸吮，而且越喝越离不开羊奶了。"小不点儿"喝起羊奶来有滋有味的。所以这个出生还未满月的婴儿，如今看起来结结实实的，闭着眼睛会笑，脸颊上和李腊梅一样，有两个小小的、深深的酒窝。

李兰花告诉姜力："奶羊的奶水很多，这个小家伙会一天天胖起来的。"

姜力抱起他的"小不点儿"，舍不得放下。

"我们都等着你给这个'小不点儿'起个名字呢！"李腊梅深情地望着姜力。

"也许，这是江毅在天上送给我们的一份厚礼，这娇贵的小女儿，我们叫她姜阿雨吧。"姜力热泪盈眶地说道。

"姜阿雨，这名字好听。"李腊梅非常满意，也很激动。她生过 4 个孩子，只有这个娃娃是她爸爸姜力为她起了大名姜阿雨。李腊梅认为，这应该是一个响当当的大名。

"你喜欢，我就高兴。"姜力搂抱着李腊梅。

"男儿有泪不轻弹"，但是今天姜力却流下了一行热泪，滴在了爱妻的脸颊上。

他只在瓦窑堡住了一个晚上，就匆匆离去。

2

孩子刚满月，李腊梅就把姜阿雨扔在了瓦窑堡的家中，咬紧牙关，挺直了仍然虚弱的身体回延安了，但是她的内心非常踏实。

1947 年 11 月，李腊梅担任了陕甘宁边区妇联主任，妇女合作社主任的工作也就此结束了。但是妇女生产合作社仍在陕甘宁边区妇联的领导之下，所以，她和合作社的缘分未尽。

为了恢复纺织生产，边区妇联领导的妇女生产合作社贷发了一万多斤棉花给群众，加上边区政府和有关部门一共贷发了 55 万斤棉花下乡，妇女生产合作社还拿出资金，做了 42 架纺车，一架织布机，并且拨粮配合政府安置了一批移民和难民，在生产和救灾工作中发挥了积极作用。

边区的生产在逐渐恢复和发展，妇女生产热情很高。

1948 年 7 月，陕甘宁边区妇联在志丹县骡马大会上举办了长达 7 天的纺织卫生展览，展品有各种纺织原料、纺织工具、新法接生工具等，还有人们用土法制成的 12 种染色线和用染色线织成的花土布，会上还奖励了一批纺织模范。

当年闹着要退股的那些人们离开延安以后，没有一个人再与陕甘宁边区妇女生产合作社联系，合作社里他们的股金红利就成了无法退还的部分。新中国成立后，妇女生产合作社将无法退还的股金红利转交给当时李腊梅担任主任的西北民主妇女联合会，才算是完成了任务。

于是，西北民主妇女联合会就用这笔钱在西安建起了一座电影院。

3

西安解放以后，李腊梅同姜力一起来到了西安工作。姜力被调到第一野战军担任重任，李腊梅就负责西北民主妇女联合会的工作。

1949 年 7 月，李腊梅接到西北局组织部的通知，选举她为全国第一届政治协商会议的代表，赴北平参加会议。

姜力很激动，他挺直了自己的身躯说道："你能够作为政治协商会议的代表到北平去开会，我由衷地为你骄傲！"

"你要向我学习，向我致敬，再向我毕恭毕敬地敬上一个军礼。"她轻轻地捶打着姜力的胸脯，姜力一把抱住了她，挠了她的胳肢窝，使得她几乎笑得背过气去。

李腊梅就这样欢欢喜喜去北平开会去了。

4

一到北平，李腊梅就直奔会场。

在会议的登记处，李腊梅正准备签到，提起笔来，突然看到了签到簿的前一个签名"师文才"，这是她十分熟悉的字迹。

李腊梅由不得念出了声来："来自广东省，现任大埔县委书记。"

"你是李腊梅？"

李腊梅侧转头，和那个人面对面，映入眼帘的是那熟悉的五官。

"你是谁？你认识我？"

"我是师文才！"

"你没有牺牲？"

"是的，我当时突发疟疾，隐蔽在广东的大埔角镇墩背村，所以逃过了一劫。"

两人一问一答。

"什么？你再说一遍！你突发疟疾，隐蔽在什么地方？"

"我隐蔽在广东的大埔角镇墩背村。"

李腊梅彻底呆滞了，痴痴地望着面前的师文才，这竟然不是梦？他居然也藏匿于广东的大埔角镇墩背村。她面前的这个人，确实就是她再熟悉不过的师文才，他从面相到身板，几乎就没有太多的变化。

　　这，不是梦？是真真切切的师文才！

　　"广东的大埔角镇墩背村，难道你也去过那里？"

　　"这是太复杂的巧合，先不说墩背村。"

　　"那你想说什么就说。"

　　"我的师干爹呢？我的梁干妈呢？还有你的舅舅梁殿育呢？还有刘蕾蕾呢？"

　　"父亲、母亲、舅舅以及正在一起开会的其他十位同志，被叛徒出卖以后，全部被杀害，英勇牺牲了。当时，我正昏睡在墩背村，不省人事。刘蕾蕾因为另有任务必须迅速去澳门，所以在会议结束之前跟着交通员撤离会场，他们刚刚翻上后山，就听见枪声大作，所幸刘蕾蕾活了下来。"

　　"那么，我父母得到的消息为什么是你们全部牺牲了？"

　　"我清醒过来以后，把我送到墩背村隐蔽的广东省委的同志通过掩护我的那位地下党员萧宵找到了我。"

"萧宵？"

"就是他，这位地下党员的名字叫萧宵，一直从事掩护和秘密工作，广东省委的同志说我们的组织被叛徒出卖，绝大部分同志都牺牲了。在牺牲人员的名单上，我看到了我父母、舅舅、自己和刘蕾蕾等人。"

"萧宵，你也是萧宵救下的？"

"怪不得你问萧宵，你认识萧宵这个人吗？"

"不认识，只是在广东听说过。刘蕾蕾离开会场就去了澳门？"

"是的，我们的秘密联络点在澳门。"

"澳门有三大家族：一是何家，广东番禺人何贤是当年澳葡当局都认可的'澳门王'，澳门民间称其为'影子澳督'，抗战期间广东沦陷后，何贤经过香港转至澳门，在大丰银号崭露头角，很快成为澳门金融界的'龙头老大'。香港沦陷，澳门因为葡日之间的特殊历史情况，日本不敢入侵澳门，却严密封锁了澳门，何贤出马斗智斗勇解除封锁，拯救了无数澳门人，被传为佳话；二是马家，马氏家族在澳门不是最有钱的，但却是政治名望最高的，马万琪与何贤境遇一样，他也是广东人，抗战中广州沦陷，他从避难地香港转入澳门做生意，开设洋行，将大批物资转运内地支援抗日；三是崔家，也是从广东转至澳门，时间还早于何家和马家，是澳门的'建筑大王'。"

"你是说，刘蕾蕾去澳门，与这三大家族有关系？当年我受党组织之托，将她送到你们那里，也是因为这个原因，那里是我们的联络据点。"

"那么刘蕾蕾现在在哪里？还在澳门吗？"李腊梅继续问道。

"她现在是我的妻子了。在我突发疟疾痊愈之后，组织上将我的组织关系留在了广东，把我派往澳门与刘蕾蕾扮作假夫妻，共同从事医药物资的秘密转运工作。我们从事的是十分机密而危险的工作，因此需要出入许多重要集会，穿越很多雷区。在一次执行任务时，我用身体为刘蕾蕾挡住了一颗射向她胸口的枪弹，因此胸腔被击中晕死在她的脚下。当我从昏迷中清醒的时候，已经脱离了生命危险。李腊梅，就差那么一点点我就一命呜呼了。刘蕾蕾守在我的身边。我伤好之后，她提出要嫁给我。"

"我们在澳门结婚之后，完成了秘密潜伏的任务，回到了西柏坡，一起在统战部门工作，现在都进了北平。"

"那你明明登记的是……"

"我现在还是以广东省的代表，现任大埔县委书记的名义参加会议的。会议之后，我的身份就要公开了。但是有一点我要告诉你，大埔县的县委书记，我确实任职过相当长一段时间。"

为了新中国的诞生，无数革命英雄前赴后继。可以告慰他们的是，中国革命终于在全国取得了胜利，他们共同憧憬过的独立、自由、民主的国家终于诞生了！

1949年10月1日，李腊梅和师文才站在天安门广场前，他们肩并肩地仰望着中华人民共和国的第一面五星红旗徐徐升起。

5

在参加全国第一届政治协商会议期间，李腊梅见到了出席会议的广东省代表，委托他们帮助自己寻找儿子江阿雪。

两个月以后，她收到了广东省代表同志的回信，得知江阿雪不但活着，而且长得非常好。

李腊梅乐得像个孩子似的跳了起来。

姜力听说找到了江阿雪，也激动不已。他们想一起去接孩子，但是两个人工作都太忙了，走不开。于是，组织上就派西北妇联总务科的一位高亮同志拿着李腊梅的照片，在 1949 年 11 月底，以舅舅的身份去广东接江阿雪。

　　高亮到了萧家以后，江阿雪知道家里来了生人就躲到了山上。让江阿雪躲生人，是为了他的安全不得已的办法。

　　高亮在萧家一住几个月，江阿雪才和他混熟，而且非常喜欢和他一起玩。但是他和高亮在家里下棋可以，如果让他和高亮一起出大门逛逛，那是绝对不行的。多年来养成了躲避陌生人的习惯，所以高亮很难单独带走他。

　　最后，江阿雪的阿公不得不使出了妙计，才把江阿雪带离了家。

　　那一天，高亮、江阿雪和他的阿公一起上了船，他们说好的要坐船去江阿雪的大姑婆家玩，实际上，他的大姑婆现在已经搬到了墩背村。

　　船快要开的时候，他的阿公去船头和船老大说了一会儿话，然后走回来告诉江阿雪："船家说，还得等一等才能开船，我先下船去给你买你最爱吃的大饼，好吗？"

"阿公，好的呀！"江阿雪十分痛快地答应了。

谁知道江阿雪的阿公一走就没有再回来，船启动了，这个十岁的小伙子才发现自己上当了，他拼命地哭喊，像一头发怒的小豹子，用脑袋撞击高亮，还抓住高亮的胳膊肘，狠狠地咬了几口。

江阿雪哭闹着来到了西安，面对妈妈李腊梅和张开臂膀想抱一抱他的姜力，如同见到了陌生人，躲得远远的。

在相当长的一段时间里，他常常到大门口的老槐树上发呆，思念他的阿公、阿婆、大姑婆和村里的乡亲们。

这一天，他再次爬到了家门口的老槐树上，居然不吃不喝地在树权上坐了三天三夜。

此时，幸亏姜力因为身体不适在家里进行短期休养，李腊梅做了盲肠炎手术刚刚出院。于是，在这三天三夜里，他们一家三口人，儿子坐在树权上，父母双双依偎在树下的长条凳上……

一天三顿饭，李腊梅和姜力没有闲着，两人轮流回家按点做好饭，再把饭盒提到树底下。但是，那个坐在老树权上的人，看也不看一眼。

"人是铁饭是钢，一顿不吃饿得慌"，此话绝对正确，江阿雪终于顶不住了，他饿得实在不行了。

江阿雪终于高声叫起来："爸爸、妈妈，我饿了，要吃饭！"

"儿子，你下来，爸爸抱你！"儿子喊爸爸了，姜力非常激动。

"妈妈的好儿子，我们一起回家，洗洗脸，吃一顿饱饭，睡个好觉。"

江阿雪叫终于喊爸爸妈妈了，两人期待这个时刻太久了。

江阿雪从树上爬了下来，姜力一把抱住了他。他感觉到爸爸的胳膊粗壮有力。

李腊梅和姜力十分心疼江阿雪。

江阿雪既然能用这样的办法来思念自己的阿公、阿婆和大姑婆，是个有大爱，也有良心的好孩子。

6

一天，江阿雪曾经非常伤心地对爸爸、妈妈说："我现在回想起来，非常对不起你们，我已经十岁了，还这样不懂事。但是我觉得自己最对不起的是接我回到你们身边来的好心肠的高亮舅舅，我不应该用头去撞他，更不应该发疯一样去咬他，应该向他道歉。"

李腊梅说："那我们就把你的高亮舅舅请到家里来，你当面给他道歉好吗？"

"妈妈，好的呀！实际上我也非常想念高亮舅舅。"

李腊梅和姜力都知道，江阿雪对他的阿公、阿婆和大姑婆都非常尊重。

高亮应邀到他们家里来玩，江阿雪一见到高亮，立刻蹦蹦跳跳迎上前去。在墩背村三个月的时间，他们已经是好朋友了。

李腊梅和姜力一起在厨房做饭，高亮和江阿雪则在外面下棋。

"高亮舅舅，虽然我的棋艺不如你，但是我们有约在先，我要靠自己的力量赢你，你绝对不能让着我，一步也不能让。我阿公常常说，男子汉就要挺直腰杆不服输，不是要人家宠你、惯你，所以，我知道自己应该怎么做。我和爸爸下象棋的时候也有和你一样的约定。我的棋艺见长，现在居然还险胜过我爸爸一次。他的象棋下得也很好，只可惜他工作太忙，能够陪我下棋的时间很少。但是他只要一回到家，就会陪我玩。"

"这么说，你的姜力爸爸对你可真好。"

"是的，我在墩背村遇到了好的阿公、阿婆、大姑婆，现在来到了西安古城，又遇到了一个好爸爸，还有一个好妈妈。"

"你不再捉弄你爸爸、妈妈了？不再气他们了？"

"高亮舅舅，我真是很不懂事啊！以为气坏了他们，就能够回到墩背村了。"

"是啊！想回墩背村就气你爸爸、妈妈是很愚蠢的。"

"我现在越发认识到了我的愚蠢，而且在船上，我用头恶狠狠地撞你，还像恶狗一样咬了你的胳膊肘，也是很愚蠢的。高亮舅舅，我非常对不起你！"

江阿雪从凳子上站起身来，毕恭毕敬地给高亮鞠了一躬。高亮用他的双臂把江阿雪抱紧了。

他十分动情地告诉江阿雪："你一到西安，不叫爸爸，不叫妈妈，他们很伤心。你有过一个哥哥，因为敌人的追杀，你的爸爸、妈妈把他托付给了一户人家，结果那户人家所在村庄全部被敌人剿灭。你妈妈在艰难困苦的环境里，还把你带在身边，和你爸爸在深山老林里行军打仗，敌人紧追不放，你大哭，才不得不把你托付给阿公、阿婆。后来，你爸爸牺牲了，他把生命献给了革命事业。不久，你的小弟弟一出世就断了气。当时党组织理解你妈妈，让她把你又接到了身边。再后来，叛徒带人绞杀你妈妈他们，当时真是万不得已啊，为了让大家都能逃生，为了把革命事业进行到底，才把你留在了墩背村。"

江阿雪望着高亮，他在认真地听，听得泪流满面。

儿子敬重父母，是父母的福气。

也许，李腊梅受的磨难太多了，所以上苍也应该恩惠她一次了。

她和姜力都十分思念瓦窑堡的三位老人和他们的女儿姜阿雨。

"我们在西安有家了，把他们四个人接到西安来吧。"姜力对李腊梅说道。

"我一直这么想的，只是觉得你太忙，我也抽不出时间打理家务，几次话到嘴边就咽了回去。"

"三位老人带着小外孙，肯定也十分想念我们。"

"爸爸，妈妈，你们是不是要把小妹妹姜阿雨也接回家呢？"

"是啊！你欢迎妹妹回家来吗？"姜力这样问儿子。

"当然欢迎了，我要我们一家人在一起！"江阿雪跳起来，坐到了爸爸的大腿上。

屋里充满了欢声笑语。

第十一章

欢聚西安

1

1950 年 2 月，他们一家七口终于团聚在一起了。

两岁多，会满地乱跑的姜阿雨，非常喜欢哥哥江阿雪，哥哥对妹妹也十分宠爱。

李腊梅和姜力过上了上有老下有小的幸福生活。他们即使工作忙得四脚朝天、昏天黑地，只要一回到家里，困乏和劳累似乎就离他们而去了。

一家人总算是安定下来了。

2

1951 年 3 月的一天，李腊梅准备告诉父母亲和大姨妈一个天大的喜讯。

她抑制着自己狂跳的心脏，因为明天师文才和刘蕾蕾会带着刘阿梅一起到西安这个七口之家来探亲，她和姜力已经激动了好几天。

李腊梅说道："爸爸、妈妈、大姨妈……"

"你有什么正经事情要对我们说？把我们通通称呼了一遍。"

"行了，不许再卖关子了！"丁香香也迫不及待地要听李腊梅说。

最沉得住气的是李汉明，他笑眯眯地抱起了姜阿雨开始举高高。

李腊梅终于开口了："我想告诉你们，师文才和刘蕾蕾都还活着，如今在北京做统一战线工作，明天他们会到我们家里来住两天，大家终于团聚了。"

李汉明和丁香香惊呆了，他们一动不动，任凭眼泪顺着脸颊流下。

"他们还活着，你是不是早就知道了？"李汉明问。

"是的，1949年10月1日，我们一起在天安门广场前庆祝中华人民共和国的诞生。"

"但是为什么你在北京见到了师文才，却对我们守口如瓶？这么大的事情，人家一家人明天就要到西安咱们家来了，你才说，真沉得住气啊！"此时的李兰花才哭出了声音，泪如雨下，把江阿雪和姜阿雨看傻了，他们不知道家里发生了什么惊天动地的大事情。

接着，清醒过来的一家人，忙忙叨叨，收拾屋子，铺好床，准备好牛肉、大葱和白面，要捏扁食，这是师文才的最爱。

万事俱备，只欠东风。

3

第二天下午，师文才、刘蕾蕾带着刘阿梅来到了家里。

在李汉明、丁香香和李兰花的面前，师文才和刘蕾蕾双双跪倒，他们叫着："李干爹、丁干妈、大姨妈，我们回来了！"三位老人扶起了他们，五个人哭得泪涟涟的。

刘蕾蕾拉着刘阿梅，让她跪拜了爷爷和两个奶奶，并且告诉老人们，刘阿梅是她和师文才的女儿。

江阿雪忽然喊叫起来："刘阿梅，你是我妹妹呀！"

刘阿梅惊喜地奔到江阿雪那里，拉着他的手，姜阿雨则仰起头来，欢喜地叫着这个不曾谋面的刘阿梅姐姐。她非常开心，自己有哥哥，又有了姐姐。

4

师文才一家人住在李腊梅家里的那个晚上，李腊梅和刘蕾蕾睡在一张床上，她们两人说了一夜悄悄话。

"你们工作太紧张，就没有生个娃娃吗？"

"我们出入敌穴，危险很大。但是我们也还是想要一个自己的孩子。"

"现在解放了，条件好了，你们可以生个孩子了。"

"我和师文才婚后始终没有好消息。"

"也许你们都受过伤，是不是……"到嘴边的话，李腊梅咽进了肚子里，不便说出来。

"我们两个人都做了一次非常详细的检查，结果出来了，我们没有生育方面的任何问题。"

"那么，是哪里出了问题呢？"

"医学上的问题，往往不是用理论阐述一遍就可以解决的，太复杂了。"

"你们现在还没有时间去考虑此问题？"

"师文才觉得我们没有后代，可以无忧无虑，全力以赴地工作。"

"我觉得我挺对不起他的。"

"后来我们一起回了一趟墩背村，到萧家去看望他们，得知江阿雪被亲生父母认领回家了，我们不谋而合，想到了江阿雪的那个聪明伶俐的小童养媳刘阿梅。"

"我今天是第一天见到她，是个又机灵又懂事的好孩子。"

"刘阿梅是烈士子弟，她的父母在湘南山里打游击牺牲了，这孩子一生下来就寄养在墩背村的一户人家。江阿雪被萧家收养后，按照当地习俗，需要给他找个童养媳妇，在他年满7岁时，萧家人都看好刘阿梅，于是两家人一拍即合，刘阿梅就这样做了江阿雪的童养媳妇。"

"原来是这样啊。"

"我们把刘阿梅认作女儿，这样可以把她带出墩背村，让她受到良好的文化教育。萧家老夫妻及孩子们的大姑婆都很高兴，他们都觉得刘阿梅跟着我们到外面去读书，会比在墩背村读书有出息的。"

"萧家人很有远见啊！"

"江阿雪和刘阿梅在墩背村的小学校里读书，两人的学习成绩都名列前茅，老师很喜欢他们。当年，我和师文才就曾经想过，将来等我们的条件好了，就把这两个娃娃一起接出墩背村，让他们接受最好的教育。"

"你们的决定是正确的。"

"萧家同意我们领养刘阿梅，师文才乐坏了，他让女儿跟我姓，所以刘阿梅连名字都不用改了。"

"你们有了女儿刘阿梅，就不想再生了？"

"虽然有了刘阿梅这个女儿，但是生一个我和师文才的孩子，还是我一直以来的心愿。"

"你很执着，在西安，我就领教过。"

"是啊，搞事业我执着；谈恋爱我也执着。"

李腊梅略微沉默了一下，敏感的刘蕾蕾什么都明白了。

"杨天宇，我的确爱过。我承认和杨天宇分别后，对他的思念日益剧增，甚至还有彻夜不眠之时。

但是与我一起并肩战斗的师文才，才是我现实中的白马王子，我爱他，爱到了不能自己。”

“我懂你，你的爱是炙热、纯净、无私的，是在战火中得到升华的。”

“如同你当年和江毅的那一份爱，如同你今天和姜力的这一份爱。”

她们两人紧紧拥抱在一起。

5

西安之聚，在大家的不舍中结束了。

那天晚上，姜力向大家宣布：“我和李腊梅调进北京工作，我所在部队驻京，李腊梅调到了中华人民共和国农业部工作，我们将举家迁往北京。”

他话音未落，刘蕾蕾马上追问：“你们进京后住在哪里呢？”

“组织上给我们分配的住处是家属大院里的一个独立的小院子，内有五间住房，还有一个厨房和一个卫生间。”

三位老人都觉得不错。

“李腊梅，你去现场看过了？”刘蕾蕾问道。

"是的，看过了，看得很仔细。以后我们两家挨在一起，串门就很方便了。"

"对了，我忽然想起来了，我们在北京肯定会常常相聚，我们四个人互相之间必须统一称呼。姜力大哥 1908 年出生，他是老大哥，师文才 1915 年 4 月出生，大李腊梅 4 个月，而我则是 1918 年 12 月 31 日出生的，比姜力大哥小了 10 岁，是老小。所以李腊梅不能叫我嫂子，我们从年龄上排队，姜力是大哥，师文才是二哥，李腊梅是姜力之妻，所以也是我和师文才的大嫂，我就是你们的小老妹。"刘蕾蕾道。

"还真是的。"李腊梅听后恍然大悟。

第二天一大早，大家伙儿围坐在一起吃早饭的时候，刘蕾蕾把昨天他们四个人的年龄排序说给了三位长辈听。

李兰花乐了，她说："你们好像是两个亲哥哥和两个亲妹妹，李腊梅和她的丈夫数一数二，你们俩数三数四。"

丁香香满含热泪，她说："是的，他们就如同我们的亲儿女。"

6

三位老人对于姜力突然宣布举家搬迁北京的决定习以为常，非常淡定。

丁香香说："女儿、女婿是党的人，国家的人，我们根据党和国家的指挥，红灯亮，令行禁止；黄灯亮，预备出发；绿灯亮，奔向前方。姜力把握方向盘，李腊梅位居副驾驶，我们只管踏踏实实坐车前行。"

李兰花点头。

李汉明自言自语道："我支持他们，收拾东西搬家。"

"我们要搬家了！姜阿雨，你知道吗？北京现在是中华人民共和国的首都，我们要去首都了！"

"哥哥，首都有金鱼吗？"姜阿雨此时正聚精会神地看着一个小小的玻璃鱼缸里两条红色小金鱼，它们正在鱼缸里游来游去，这是她昨天才收获的玩具。

"你才三岁半，就要从古城西安进北京了，那是我们国家的首都，也是政治、经济、文化中心，而我三岁半的时候，还在瓦窑堡家窑洞里的大炕上爬来爬去。我们之间相差一代，竟有天壤之别。"

先行一步的师文才一家人，相约在北京等待他们
一家七口入住。

喜迁北京

1

李腊梅一家人坐火车到北京，师文才和刘蕾蕾带着刘阿梅一起把他们七口人接回了家。史家胡同师文才家，那两扇向他们敞开的院门，孕育了太多的乐趣和故事。

院子里有假山石、葡萄藤、鱼池、花园、滑梯、荡船和秋千，院落里的七间房子掩映在绿荫丛中，还有几个长条靠背的铸铁椅子，把铁腿的跟部牢牢扎进了石子路边的缝隙间，倚靠在高高的，爬满青藤的砖墙之下。

"我们刚刚搬进这个院子里来还不满一个月，刘阿梅在院子里晃荡，却很难引起她的兴致，她顶多去荡荡秋千。今天毕竟是哥哥和妹妹都到了，她才第一次玩得这么上瘾，笑得这么开心。"刘蕾蕾看着娃娃们，乐得嘴巴都咧开了。

李腊梅赞叹不已："你们这院子像个小公园。"

"我们在西安的住处很简单，没有你们这里精致。"刘蕾蕾让李腊梅夫妻俩住进一间最宽大的南房，里面除了衣柜，还有一个书桌、一个靠背椅和一个大书柜，她没有推辞，钻进房间就低头铺床，刘蕾蕾在旁边帮忙。

"姜力告诉我了，在西安组织上给你们分了南门的一个大点儿的院子，你们却住进了北门那个小院落里的小三间房。虽然我们什么苦日子都过过，住什么样的地方都不在乎。但是现在中国毕竟解放了，我们进城了，姜力大哥和你在西安都担任要职，所以感觉你们太委屈自己了。"

"我们不委屈。因为西安刚刚解放，部队和大量干部都进城了，需要房屋的人很多，现在我们国家刚刚建立，一贫如洗，百废待兴。我们在西安的住房可以说是，'比上不足，比下有余'。"

"你说得极是。"

"所以我们这些人，心胸就应该更开阔。"

刘蕾蕾动情地说："心比天大，比海阔。"

一切都布置得井井有条。

她们继续说笑着，愉快地收拾屋子。

师文才和刘蕾蕾如今在外交部门任职。

外交部根据他们的级别分给他们小院子、七间房屋以及房屋里的家具、摆设等，都是公家配置好的，一旦他们工作调动，必须按照规定将居住的院子，里面的家具原封不动交还给外交部的后勤部门。

2

"我的爱妻李腊梅，给大家说一说你新的工作单位。"姜力道。

"我现在的工作单位是水利部。"

刘蕾蕾激情澎湃说道："我们如今都进北京了，身份和工作发生了变化，生活也发生了翻天覆地的变化，不知道我们四个在北京能否干出更优秀的成绩？"

李腊梅笑着说："刘蕾蕾，你永远是向着理想前进，振臂呼喊的进步青年。"

"只是可怜了我的爱妻，没有上过大学。"师文才打趣刘蕾蕾说道。

"师文才，你不要忘记了，在我们四个人当中，只有姜力大哥是名不虚传的大学生，还毕业于苏联东方大学，我们都望尘莫及。"刘蕾蕾回答。

　　"姜力还有两件事要告诉大家，你们听到会乐得癫狂的。"李腊梅神秘地告诉大家。

　　刘蕾蕾和师文才支起了耳朵。

　　姜力说道："我开会时见到了杨天宇和同心也。"

　　"真的？"刘蕾蕾眼睛瞪得铜铃般大，诧异和惊喜混淆在一起。

　　李腊梅笑了笑，这两个人的近况，姜力在枕头边已经告诉她了。

　　"先说一下杨天宇，在抗大毕业以后，就去了东北抗联。中华人民共和国成立以后，杨天宇的部队驻守云南省的中越边境——文山，他的搭档贺天解放后转业到济南市委工作。前一段时间，我去云南军区参加一个军事会议，会议组织我们去了一趟设立于云南文山的中越边境，在那里我见到了杨天宇和他的妻子田萍萍。"

　　"杨天宇得知我是李腊梅的丈夫，是师文才和刘蕾蕾的大哥，对我非常亲切。我从云南回到北京已经是半夜时分了，第一时间就把一切都告诉了李腊梅。第二天凌晨，我又匆匆去郑州参加了一个重要会议，昨天晚上刚刚回家，所以还没有来得及告诉你们二位。"

"在郑州会议上你应该见到同心也了，快说说，他现在在哪里，干什么呢？"

"同心也是笔杆子，他当年从抗大毕业之后，一直在抗大胶东分校工作，1947年被组织上调到了胶东军区前线报做新闻记者。"

"同心也的文笔厉害，在抗大我已经领教过了。"

"在东北，我们一起上中学的时候，他就显示出文学才能了。"

"1948年年初，胶东保卫战结束，同心也又调到了新华社华东七纵支社。同心也有次被炮弹击中了右腿，在医院住了整整三个月，出院后，娶了对他不离不弃的庄可医生为妻。全国解放以后，新华社把派到驻军的分社、支社全部撤销了，同心也从新华社南京军区分社调到了总政宣传部新闻处任干事。"

"那么他现在应该就在北京了？"

"是的，如今庄可医生在北京青龙桥附近的一所部队医院担任外科主任，他们的家就安在部队医院家属院。如今，同心也的女儿同彤已经两个多月大了。我们这次在郑州参加的这个会议，同心也作为部队特邀记者参加了，我有幸接受了他的采访，他介绍自己名叫'同心也'，我立即介绍了我自己是'李腊梅的丈夫'，我告诉他刘蕾蕾和师文才都没有牺牲，他激动不已。"

"杨天宇应该也成家了吧？"刘蕾蕾追问。

"对，他妻子田萍萍就在驻守文山的部队医院里做内科医生，他们的儿子杨立多今年已经6岁了。"

李腊梅感慨："我们这些铁血朋友，是过命的交情。"

"李腊梅，你说得对。"师文才十分赞同。

已经是深夜了，他们四个人仍然是睡意全无，有说不完的话。

心心相印

1

4月中旬，李腊梅因工作需随农业部有关领导一起去趟云南省昆明市。

从北京出发的前一周，姜力正在外地出差，他们两人远隔千里，姜力还是极力帮助她和驻守在云南省文山中越边境的杨天宇取得了联系。李腊梅时间很紧，不知道这一趟云南之行和杨天宇是不是能够见上一面。

一切准备就绪，明天就要启程去昆明了，姜力的事情办完了，也赶回了家，他们久别重逢，激动不已。

"你终于回家了，我们有十来天没有在一起了，我明天去昆明，但愿能够见到杨天宇。"

李腊梅在床上翻来覆去睡不着，姜力不胜感慨地说道："你和师文才、杨天宇、同心也、刘蕾蕾，情深似海啊！这是一种超越了血缘、时空的情感。"

李腊梅对姜力感慨道："因为我们都是忠诚的革命者，在艰难困苦的斗争环境中，红军北上到了瓦窑堡，抗日统一战线建立，我们一起打败了日本侵略者，赢得了抗日战争的胜利。"

"全国解放了。我和我们的战友，更加团结，因为我们是共产党人，我们都组建了自己的家庭，在这和平的环境中，我们有机会团聚，这无疑是我们人生中最难忘的经历。"

2

第二天一早，姜力把李腊梅送出了部队家属院的大门口，等待车辆来接她。

一到昆明，李腊梅第一时间就把喜讯用昆明会议所在地招待所的电话，告诉了姜力。

也许无巧不成书。杨天宇和妻子田萍萍突然接到通知，一早就从文山中越边境赶到了昆明，准备出席一个会议。

李腊梅在会场终于见到了期盼的人。

杨天宇似乎没有什么变化，他的妻子田萍萍，国字脸、大眼睛、鹰钩鼻子、厚嘴唇。

"我妻子以前是篮球运动员，一米八八的个头，配我这个两米高的傻大个正合适。"

"你们是怎么认识的？"

"1943年12月12日，我们团里东北老乡为我过26岁生日，其中一个领来了刚刚调进刘桃花政委负责的野战医院里的田萍萍，她高挑的个子，那简直就是稀罕物件，像羊群里的骆驼，我的眼睛立马就直了。"

"谁是稀罕物件？"田萍萍脸红了，不好意思地低下了头，实际上她当年对杨天宇也是一见钟情。

"你呗，你就是那个让我第一眼就沦陷的稀罕之物。"

"你们真浪漫。"

"李腊梅，我觉得田萍萍和我是天生一对。于是，我对她展开了追求，终于在1944年和她拜堂成亲了。"

三人还有很多话要说，因为都有会议需要出席，于是匆匆告别了。

泉水入海

临别时，田萍萍对李腊梅说："姜力大哥告诉我了，我们80多的老父、老母，现在年老体弱了，被大哥、大嫂接到了北京金鱼胡同家中照顾着，今天我们相见，拜托你捎些东西给他们。"

"好的，遵旨照办。"李腊梅向他们行了个军礼。

"你已经没在部队了，就不用敬军礼了。"轮到杨天宇"埋汰"李腊梅了。

"和军装说再见了，难免有些遗憾。你们有任何需要，我尽心尽力去办。"

他们给李腊梅拿了普洱茶和宣威火腿，一式两份，一份送给李腊梅在北京史家胡同的两家人，另一份托付李腊梅抽空带给金鱼胡同的家人，田萍萍还用信封装好了几张6岁儿子杨立多踢足球的相片。李腊梅爽快地答应下来，并且告诉他们，回京去过金鱼胡同以后，会及时给他们写信说明情况。

他们三个人握手告别，依依不舍，相约后会有期。

岁月安好

第十四章

1

李腊梅从云南回来后，得知刘蕾蕾已经怀孕的好消息。

江阿雪得知妈妈回来了，一下就跑到了妈妈的面前撒起娇来。

"江阿雪，你好像又长高了些，让妈妈好好看看。可惜了，我们今年暑假不能去墩背村接你和刘阿梅的阿公、阿婆、大姑婆到北京来了。"

"妈妈，儿子懂事了，能理解你们。"

"好儿子。"

姜力看着这一切，觉得儿子懂事多了。

接着，11月初，李兰花接到了何勋和刘桃花牺牲的噩耗。

得知噩耗，李兰花的眼泪都快哭干了。

2

日子就这样一天一天过去。

1952 年 6 月 12 日，刘蕾蕾进了产房。

产房门口的人们踱着步子，焦急等待着，突然婴儿稚嫩而响亮的啼哭声响彻了产房，刘蕾蕾生了一个 7 斤重的儿子。

师文才给儿子取名师雷。

3

1953 年，江阿雪小学毕业，以优异的成绩考入了北京一零一中学。

1959 年，江阿雪从一零一中学毕业，准备参加高考，后被中国人民解放军军事工程学院海兵系录取。

青梅竹马的江阿雪和刘阿梅在大学毕业后喜结良缘。

1968 年，78 岁的李汉明和丁香香一拍即合，回到瓦窑堡养老，5 年后，两位老人先后病逝。

1973 年，江阿雨进入陕西师范大学政教系，毕业以后和她的同班同学李胜利结为夫妻。

1979 年，71 岁的姜力和 64 岁的李腊梅退休后回到了北京。

1996 年，88 岁的姜力在李腊梅及儿子、儿媳的陪伴下，安详离世。

2015 年，百岁老人李腊梅在睡梦中与世长辞。

（完）

泉水入海